大/家/逸/品/系/列/丛/书

雪泥鸿爪

程大利 著

人民日报出版社

图书在版编目（CIP）数据

雪泥鸿爪／程大利著．－－ 北京：人民日报出版社，
2012.10
　　ISBN 978-7-5115-1334-2

　　Ⅰ.①雪… Ⅱ.①程… Ⅲ.①随笔－作品集－中国－
当代 Ⅳ.①I267.1

中国版本图书馆CIP数据核字(2012)第224766号

书　　名：	雪泥鸿爪
作　　者：	程大利
出 版 人：	董　伟
策　　划：	马汉跃
责任编辑：	周海燕
设　　计：	贾闪闪
出版发行：	人民日报出版社
社　　址：	北京金台西路2号
邮政编码：	100733
发行热线：	(010)65369527　65369512　65369509　65369510
邮购热线：	(010)65369530
编辑热线：	(010)65369518
网　　址：	www.peopledailypress.com
经　　销：	新华书店
印　　刷：	北京鑫海达印刷有限公司
开　　本：	710mm×1000 mm　1/16
字　　数：	220千字
印　　张：	13
印　　次：	2012年10月第1版　2012年10月第1次印刷
书　　号：	ISBN 978-7-5115-1334-2
定　　价：	39.00

自序

青年时代喜欢文字，在工工的人群中，算是喜好文字的一个。虽不明文事，却也写下不少，被报刊编辑称作"散文"。那时读苏东坡，他说："某生平无快意事，惟作文章。意之所到，则笔力曲折，无不尽意。自谓世间乐事，无逾此者。"他这份快乐，我似乎也约略体味到。所以，散文随笔类东西，包括序言、跋语，诸项写下不少，成了工余的调剂。

随着年龄的增长，为文不再快乐。阅读量增大，眼光越来越挑剔，首先是挑剔自己，每写几句话都要斟酌半日。年轻时不这样，总有"敷衍成文"的时候。所谓少年浮，现至看时，会一阵子失悔，因此，写文便怀了顾虑。于是，遇有人来写序写字，一概推却了，生怕再为读者添乱。

这本书是应了友人（主编）的垫情相邀，觉得挺旺一四思绪，检点一下想法未尝不可，又好有正正的学生帮着备求。便把"砚也读去"作为本书的主要内容，顺便把"亚家行旅"、"人生况味"

搭上，作为对我的人生观和艺术观的诠释。

说"不揣浅陋"不是谦虚。远的不说，至我的友朋中，文坛前辈、学界大家的如明镜、清泉一样的文字，着实不少。好在，我的文字只是真实思考过的见解和观点，至于文字的艺术，我没想过，这正如象我近年的山水，直抒胸臆而已。

照片的加入是应编辑余伟的要求，说来之轻松些，附打上一些画作，也是想让读者读来愉快。如此而已。

程大利
于乙亥大暑书
京华师心居

自　序

青年时代喜欢文字，在画画的人群中，算是喜好文字的一个。虽不明文事，却也写下不少，被报刊编辑称作"散文"。那时读苏东坡，他说："某生平无快意事，惟作文事。意之所到，则笔力曲折，无不尽意。自谓世间乐事，无逾此者。"他这份快乐，我似乎也约略体味到。所以，散文随笔类东西，包括序言、跋语诸项写下不少，成了画余的调剂。

随着年事的增长，为文不再快乐。阅读量增大，眼光越来越挑剔，首先是挑剔自己，每写几句话都斟酌下笔。年轻时不这样，总有"敷衍成文"的时候。所谓评论，现在看去会一阵阵出汗，因此，写文便有了顾虑。于是，遇有人求写序写评，基本推却了，生怕再为读者添乱。

这本书是应了友人的热情相邀，觉得梳理一回思絮，检点一下想法亦无不可，正好有画画的学生有些要求。便把"砚边谈艺"作为本书的主要内容，顺便把"画家行旅"、"人生况味"搭上，作为对我的人生观和艺术观的诠释。

说"不揣浅薄"不是谦虚。远的不说，在我的友朋中，文坛前辈，学界大家的如明镜、清泉一样的文字，着实不少。好在，我的文字只是真实思考过的见解和观点，至于文字的艺术，我没想过，这像我近年的山水，直抒胸臆而已。

照片的加入是应编辑体例的要求，读来更轻松些。附上一些画作，也是想让读者诸君愉快。如此而已。

程大利

壬辰大暑于京华师心居

目 录

自　　序

画家行旅　012／帕米尔记静

　　　　　　014／风过河西

　　　　　　017／戈壁滩写意

　　　　　　019／祁连山

　　　　　　022／西藏七日

　　　　　　029／尼泊尔购物记

　　　　　　032／1993年秋海因巴赫的夏季艺术节

　　　　　　056／欧洲博物馆四记

人生况味　072／不应该忘的老房子

　　　　　　074／珍爱生命——关于老照片

　　　　　　077／北总布胡同32号

　　　　　　080／求师

砚边谈艺　086／中国画十论（画余随想）

　　　　　　095／关于中国画艺术的随想

　　　　　　101／谈中国画家的生命状态

　　　　　　110／中国画的本质、特性、境界和欣赏

　　　　　　129／静、淡、慢——由"逸"说开去

　　　　　　148／学习黄宾虹，向传统深处开掘——与马汉跃先生的对话

　　　　　　168／当以笔墨写高怀——与吴悦石先生的对话

　　　　　　188／关于"中国画复兴"的思考——与龙瑞先生关于中国画的对话

　　　　　　200／诗作选辑十一首

画家行旅

帕米尔记静

风过河西

戈壁滩写意

祁连山

西藏七日

尼泊尔购物记

1993年秋海因巴赫的夏季艺术节

欧洲博物馆四记

帕米尔记静

帕米尔无声。

离开帕米尔后的第一个感觉是又进入了噪音的世界。从喀什开始,到乌鲁木齐,到兰州,再到家,一路喧嚣,到处是"音乐"。于是,我便自然地怀念起帕米尔的寂静了。

帕米尔被称作世界屋脊。汽车出喀什西去,一路登高,进入几百公里如梦如幻的世界。说它如梦,是因为它们状态奇谲,高蓝的天,洁白的云,如墨的岩石。你想象不到的形体与颜色的组合却成了事实。所有的绘画技法都很苍白,因为"天地有大美不言",大美却有种不可表达性。说它如幻,是因为这里似有神出没,有鬼徘徊,因为旋转的形体、涌动的云团、跳跃的色泽像在呼吸。汽车爬到慕士塔格峰下的卡拉库里湖,就有人喊着头疼了。小心翼翼地下车,平时爱玩笑的人这时会不语,爱蹦爱跳的人这时会收敛许多。环顾天地,无一丝声响,时间在这里凝固,生命在这里放慢节奏,空间即无限地大,又无限地小。思维一时失去了参照系数。

鹰隼无声无息地盘旋,牦牛无声无息地吃草,白云忽然间不动了,山和湖都静止在真空里。这一片天籁和庄子的说法似乎有些距离。按庄周所言,天籁是大自然的乐声。他具体阐述道:大地长风呼啸,在山间高下盘旋,在大树枝头鸣叫,万种不同孔窍都吼起来,或像急湍的波涛,或像齐发的万箭,或像叱咤,或如吸气,或像喊叫,或像号哭,或像欢笑,或像哀叹,前面的声音呜呜地唱着,后面的声音呼呼地和着,风过后,所有孔窍仍归于空寂,只见草茎摇曳。天籁被庄周写活了,可

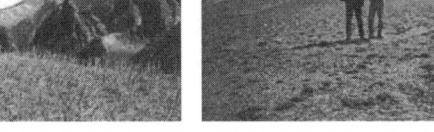

1995年摄于帕米尔高原　　1996年在帕米尔之巅，与赵贵德合影

是没有风呢？没有风就没有天籁了吗？

慕士塔格峰下的天籁便一丝风也没有。这是一片至极的寂静，谁能说寂静不是音乐存在的一种形式呢？且不说休止符就是一种短暂的寂静。凡是伟大的音乐莫不令人感到无上的宁静，一个不能享受寂静的人恐怕也无法享受音乐。此刻，我便置身帕米尔的寂静之中。这可是一生中少有的寂静，竟可以听到自己的心跳。达摩面壁，大约就是面对的如此静寂的空无吧。此时此境，正好充分地听到自己。

在喧嚣里生活久了，耳朵已经十分地迟钝。每日在泛滥无际的噪音里载沉载浮，差不多有人的地方就有音响，有音响就有聒噪不停的流行歌。"音乐"空前地普及着，在人类的生存空间里，音乐是最富有侵略性的形式。不喜欢读书，你可以把书扔掉，不喜欢绘画，你掉头走开就是了。电影和戏剧也不会按住你让你非看不可。唯独音乐，或者"音乐"，它无处不在，甚至在玉门关的衣服摊上，葡萄沟的骡马市上都有流行音乐，这声音加上鼎沸的人声、工地的喧闹、汽车的争鸣组合成的现代噪音，使人们已不能适应阳光下的静了。

然而此刻，我正处在这样的静寂里。慕士塔格峰无声，卡拉库里湖无声，整个儿高原是无声的高原——无声真好。

原载《丝路游》1999.1

风过河西

在呼伦贝尔草原上，2000年夏

又去太行写生（90年代末）

　　河西走廊，其实是风的走廊，南北两边是山，中间正好是个风道，越往西，山越矮，地越荒，风便肆无忌惮地炫耀起自己的粗野来了。

　　汽车驶出玉门镇，往哪个方向看，都是戈壁滩。祁连山渐渐消失在地平线上，眼前一片苍苍茫茫，人的目光便融入这无所顾忌的辽阔里了。

　　成千上万的沙包像成千上万个坟茔横陈在面前，很容易联想起张骞、霍去病、卫青、玄奘以及成千上万的商人、僧侣、使臣及打了败仗的将士。每个沙包都孕育着一颗生命。那生命叫芨芨草，它虬结的脚趾与每一阵风沙纠成死结，被埋葬成根，而它葱绿的簇新的肢体会不断伸出坟茔。在大自然中，有生命的东西毕竟比没有生命的东西顽强。

我们在安西吃午饭。安西是被称作风库的地方。但这一会儿没风。一个小摊贩忙着收摊子，说风要来了。奇怪，好好的怎么来了风。看树梢在微微地抖，那院子里正滚碾子的农妇慌忙卸驴，慌忙收拾簸箕笸箩。

它来了。它从天边来，削着戈壁滩，跨过沟沟坎坎，腾腾落落，携裹着成吨成吨的土和沙，奏着恐怖的乐曲来了。天晦暗下来，太阳失去了光辉，像个惨白的面团儿。我们躲在镇子上的小饭馆里，静观这平生首次见到的奇景：那风野得像草寇、像土匪；像鞭子，像陨石；像窦娥的冤魂，呼天抢地。所有的树木都朝着一个方向，为风王躬腰下跪。街上谁按了一下汽笛，声音半响，已被刮得无影无踪了。

跑进饭馆里的人，男男女女头发上、眉毛上全是土，身上脚上也是土，一个个成了灰土猫儿。老板娘和几个妇女嘻嘻哈哈哈哈地骂："黑小子风！""儿马风！""叫驴风！"……这风确是雄性的：雄性的粗暴，雄性的狂野，雄性的蛮横。大约是女人们先意会到了这一层，一齐哈哈地笑起来。"笑什么？牙龇得像狗晃子（狗头骨）。"老板开玩笑地骂，十足的雄性玩笑。

饭桌上一厚层沙子，我想那羊杂碎上，牛杂碎上，甚至那饭汤里也少不了沙子。西北朋友告诉我，这种风并不多。那我可不能错过机会，决心到街上去体验一下，这样想着，便推门冲了出去。

每一步都像逆水行舟。我小时在黄河故道上也感受过这种风，但没这狂烈。一张嘴，满嘴细沙，牙咬下去吱喳响，脱下皮夹克把头包上，只露两只眼，在安西的大街上，在风沙的旋涡里，我活脱脱像个巫

我喜欢这块地方，所以来过很多次。(2000年6月在河仓城)

山西之行(2002年)

甘肃之行，威武留影(2002年)

婆，踉踉跄跄地走，像被扶着，被搀着，又像被推着，被揉着，耳边像有阵阵狂涛，滚滚雷声。

在这样的风中，居然还在有人卖瓜。没有买主，几个卖瓜农贴着他们的骆驼和驴，骆驼的毛被风吹得全竖起来，眯缝的眼睛透出几分迷茫，几分凄凉。"五分一斤"，"三分一斤"，几个瓜农对我叫。我深爱这些大西瓜、大白兰瓜的香甜醇美，在大西北的朋友面前，我好多次留下了馋嘴而贪婪的形象。但是，当我看够了戈壁滩的苍凉，当明白潮湿的气息是从海市蜃楼里飘来，当一片小小的绿洲出现，当卖瓜人干裂的双唇在翕动，当驮瓜的骆驼透出凄迷的眼神，我感到自己贪婪的残忍，我的同情也太苍白。他们多么希望我能买完，否则这幅凄楚的油画何必陈列在风沙之中？我建议大西北的朋友多办些瓜果加工厂，不要候在风中等买主了。

大约40分钟，安西从风的喧闹中静下来了。那帮黑小子们、儿马们和叫驴们，裹进一股黑黄的沙尘里远去了，无声无息了。

原载1991.11《扬子晚报》

戈壁滩写意

车出兰州,过了五月飞雪的峭岭,便进入了河西走廊的腹地。南面是白雪皑皑的祁连山,北面是断续的山脉和腾格里大沙漠,1200公里的"长廊"除了几个绿洲城市外,便是沙的世界了。不见飞鸟,也罕见树木,地是茫茫的阔,天是高高的空,太阳从早上6点出来到晚上10点落下,眼睛不眨一下地对着你。一切色彩饱和到了极致,蓝的天,黄的地,公路像一条黑色的河流消失在大地的尽头。这条路走过张骞、霍去病,走过唐玄奘和马克·波罗,留下了人世间不少的荣辱胜负和悲欢离合。远处,旋风卷起一条沙龙腾空而起,笔直地立起一条黄烟。这便是"大漠孤烟直"。

鸣沙山上(1995年10月)

2000年盛夏,在河西走廊的汉长城前

与夫人夏惠林女士在玉门关外

　　一小堆一小堆的骆驼刺和茇茇草顽强地活着,那骆驼刺谁也不敢碰,不知骆驼是喜欢吃还是出于无奈,倾着巨大的身体啃着这东西,那荆棘般的尖刺会扯破我的裤子,穿鞋踩上去脚也疼,但骆驼却津津有味地嚼它。沙海中偶有一株胡杨,但转瞬又会消失,消失得令人难忘。有时天际会突然出现一棵,像是疏远同类的首领或是离群的孤雁,在这广袤的沙砾上挺立着这样浓绿的生命,我直想冲上去大喊一声,为它的存在声援助威。

　　一个穿羊皮筒子的牧羊人过来了,驾驭大车般赶着他的羊群过公路,我们纷纷下车,两位新潮女士忙与之合影。那牧羊人沉寂得像油腻的石头,活像与水分一起被蒸干了。

　　进入一根草也没有的沙海了。无际的戈壁滩由黄变灰,太阳当头仍是寂静得可怖,若有人单独留在这里,无论往哪个方向去,大约都是死亡。

　　但是,这沙原上却耸立着断续的长城,黄土坯的长城从东沿着群山和戈壁蜿蜒而来。建在小山坡、沟口旁或开阔地上的烽燧经受了大自然漫长岁月的剥蚀,高高低低、星星点点地向西延伸。丝绸之路的商旅不见了,扬着烟尘的军阵也不见了,连接烽燧的道路早已被沙埋没。但就在这儿站一站,看看那高耸的城垛和黄土的废墟,到"古董滩"下走一走,还是可以清清楚楚地感受到"醉卧沙场君莫笑,古来征战几人回"的境界。

祁连山

  这是一尊巨大的雕像，横亘在北部中国没有遮拦的视线里，雕像像尊卧佛，将1000公里长的身躯安卧在甘肃青海的边境，头枕着阿尔金山的白云，脚浸在甘州河的波涛里，胳臂拥着河西走廊的大戈壁，睡得很沉。

  站在祁连山下，人显得那么渺小。你对它大叫一声，会立即被它巨大的寂静所吞没。永远也化不尽的积雪像条纯白的素练覆盖着它，那素练辉煌而又孤独。皑皑白雪与旅人保持着距离，你只能凝望着它。脚下是被称为河西走廊的地方。这里的天很蓝，蓝得幽深纯净，看上一眼会扫净心中积虑。一片云也没有，只有太阳，太阳又总是精神抖擞地盯着肆虐的风沙。风沙用它狂野的脚板，把千里长廊踢得光秃秃的。戈壁和沙海是干渴的代名词，所以，那一声声清亮悠长的驼铃便成了生命的绝唱。令干渴的旅人驻足。驼队来了，那是一幅沉默的悠缓的图画，那沉重地弯下去而又高高挺起的脖子，那湿润而永不见泪水的眼睛，那坚韧的带着淡淡哀愁的神色，都为这千里戈壁带来许多诗的画面。

  这里留下过可歌可泣的故事，还有那和亲远嫁西域的细君公主、金城公主、文成公主，她们都曾在这里驻足，吸吮过祁连山的清气，喝过祁连山的雪水。没有她们，不但没有今天的棉花和苜蓿，没有胡桃和葡萄，没有大宛马，没有佛教经典，没有敦煌艺术，而且也没有中西文化的交流，没有四大发明的西渐，连今天的欧洲怕也会少了些光彩……祁连山，不仅仅是中华民族的，也是整个人类胸前的一枚灿烂的勋章。

祁连山下（1995年）

　　河西走廊不能没有祁连山，祁连山不能没有雪。遗憾的是，眼前的世界有负祁连山的厚意，当今的走廊仍嫌太空旷了。繁盛的丝绸路连同吟咏它的唐诗宋词已成了遥远的往事，悲鸣消去了，骄傲也消失了。风沙戈壁正蚕食着绿洲。庄严的菩萨，浪漫的飞天都奈何不了风沙。那几座大漠中的城市固然很美，但美得有点胆怯。当那沙壁裹着碎纸屑、干草皮打着旋儿向那鲜肉案、凉粉摊、馄饨锅、瓜果店冲去的时候，你无法不忧虑；那可怖的"黑风"令每一位内地人目瞪口呆。

　　出了嘉峪关，便完全是戈壁的汪洋沙漠的海了。有人说，这里是诗人想象的翅膀张扬得最恣肆的所在。其实，任何的想象在这无际的大漠上都很渺小。我们身心的一半就在梦中。比如，眼前就是海市，你随时可以看到清波荡漾的湖泊，淡烟浩淼，舟巧岛碎，树影历历。明明就在前方不远，可是飞一样的汽车永远也追不上它，这便是沙海蜃景，是人看得到，而又永远不可企及的梦。

　　嘉峪关附近有座不见人迹的黑山，黑山对着白雪皑皑的祁连山。那里的悬崖上刻着牛、羊、虎、鹿和奇形怪状的人，更多的是说不清形状的光怪陆离的纹，是拙朴到极致的线条。谁刻的，刻于何时，谁也说不清。面对这死寂世界的岩画展览，你会想到天外来客，又是一个不可企及的梦。

　　敦煌，是这大漠的高潮了。鸣沙山下，存住了490多个洞窟，数千身塑像，留下了人类文化历史上的奇迹。莫高窟之外，还有文殊沟、万佛峡、东千佛洞和西千

在南疆的骄阳下写生（2000年摄于喀什）

佛洞散落在戈壁滩的角角落落，丰腴的塑像，满壁风动的裙裾不露一丝干旱的痕迹，倒像刚刚从清泉里走出。祁连山倘若没有雪，在这暴戾、残酷的大漠上，永远微笑的菩萨、安详美好的飞天到哪儿去栖身呢？历代画工青灯，历代石窟佛陀离不开水，离不开祁连山的雪。朝圣的人们且慢叩首，先回过身来，看看你身后的祁连山，倒是应该向它深深地鞠一躬的。

祁连山输送下来的不止是水，还是生命的力量，这干渴的路上造就过一批志士，古来有多少悲壮的征战，艰辛的开拓，且不说去国不思家的张骞，只身度大漠的班超，九死而后生的唐玄奘。在这里，绿色十分的金贵。最顽强的植物是白杨，但白杨似乎老长不大，大约是取材过急了吧，不等它长大就砍倒盖房，那房子怎能高大宽敞。散散落落的黄土房都是平顶的，几乎匍匐在地上。树矮，风更肆无忌惮。于是，那土房也只能像骆驼刺和芨芨草一样地趴在地上。其实，祁连山对顽强的生命从来都是慷慨的，它以热情的潜流扶持着一切生命。难忘大戈壁上那让人兴奋的沙枣和胡杨。有时孤零零的一棵，顽强地挺立着，在阳光下放射着绿的光辉，这给人的启示还不够吗？在武威、在张掖、在酒泉、在敦煌都有让人兴奋难捺的浓绿，只是那浓绿的面积太少太少，浓绿与黄沙的搏斗胜负难卜。假如人为破坏自然生态的行为不止，祁连山的雪线只好慢慢地升高，那一番厚意只好付诸东流了。

雪越来越少，不是风景为何，是对人类未来的警示。人啊，悠着点儿吧。

西藏七日

1997年8月10日

说了很多关于西藏的话题,唱了许多关于拉萨的歌,上午还是没有走成,因气候原因,我们已在机场等了两天。中午十二时来了好消息,我们可以登机了。这是俄式伊尔——107军用运输机。机舱中间放着几十只汽油桶和钢缆绳索,两侧的弦窗下是可以坐人的条椅。我们是从屁股下面踏着钢板上来的。想起了"007",拍电影用这种飞机才有戏。驾驶舱的门正开着,有人看报,有人在小憩,还有的人在抽烟。

飞机在巨大的轰鸣声中起飞了,转眼已和蓝天融在一起,再一转眼看见了雪山和山谷中的江水,接着看到了深蓝色的雅鲁藏布江。一个小时后,飞机在贡嘎机场降落。机场亮得刺眼,果真是离太阳最近的地方。不长一棵树的山很近,好像就和机场连着。天像蓝墨水染过,所以,白云便分外眩目。温度比一个小时前低了20度,像深秋。这就是拉萨,亮得耀眼的拉萨。

1997年8月11日

住在雪莲宾馆。上楼梯时发觉不能快,刚爬上三楼,同伴们的嘴唇便紫了,还有人说头疼。我虽不头疼,但有点异样的感觉。房间里有氧气袋,我没有马上用。睡个午觉后去了八角街,果然是新鲜:石砌地面,石砌楼房,数不尽的露天摊点和店铺。黝黑的女人,高大的康巴汉子,老老少少的喇嘛和穿行其间的老外汇成了一个奇异的肖像展览会,往哪里看都是画面。佛珠、项链、灯具、装饰后的牛头骨和羊头骨、各种各样的藏刀让人眼忙不过来。浓浓的酥油味儿弥漫在空中，这是不同于世界上任何一处的集市。

布达拉宫就在眼前。朱砂、银白和金黄组成的色调是藏传佛教色彩的基调，也是地域的标志，蓝天是这几种颜色的背景。不管有没有白云，这些颜色的构成永远都不会难看。而当太阳出来，远远近近的金顶便让这座城市活跃起来了。

有一个角度看布达拉宫极好，可惜数不清的巨幅广告布条和气球破坏了画面，不知是个什么销售活动，声势颇大，我拿着相机，几次举起又放下，没法按下快门。

1997年8月12日

今天仔细地了解了布达拉宫。

汽车从后面喘着气上去，直到山顶后的入口处，确是不同凡响。土红和金黄组成的密宗色彩与蓝天白云高度地和谐。宫殿在巨大的静寂里站着，进得门去是无边的幽深和昏暗，极浓的酥油味儿从窗缝飘到天空，成群结队的藏民无声地往佛灯里加酥油。那油是用小碗，用塑料袋，用各种各样能装酥油的东西装来的，说不定它们来自甘南，来自阿坝，来自澜沧江畔，抑或更远的地方。

大厅里、过道里，一道又一道的建筑门厅内布满佛像、佛龛、壁画和浮雕，无数艺人的手笔，记录下一个民族的艺术智慧。有时在黑暗中你也能感到它们的光辉，极强的阳光从门缝、窗隙进来与幽暗形成对照。一个喇嘛探出了身子，立刻被阳光镶上了金边。

数不清多少厅堂，数不清多少院子，数不清多少喇嘛，数不清多少信众，只感到静寂中有一种力量，这种力量和远处的雪山及天上的太阳衔接在一起，成为这高原的永恒。

1997年8月13日

大昭寺门口，满处是"五体投地"的藏女和汉子。许多人朝着一个方向，垫着一个褥子，不停地往返磕头。许多人是从万里山路之外磕着长头过来的，无异于用自己的身体丈量着朝圣的道路，虽护着羊皮，手和膝仍是疤痕累累，没人强迫，纯属自愿，乐于如此，而且世代不移。

这是文成公主入藏盛典之处，经声不断，香火最浓，到处流淌着酥油的气味儿。喇嘛在法号声中诵经，一种奇异的音乐在天穹下飘荡着。这音乐让我心生敬畏，又说不出道理。主殿内供奉着释迦牟尼佛像，松赞佛堂内供奉着松赞干布和文成公主，雕塑之外是1300年来的壁画，在这些作品中，西藏民间画师运用线条和色彩的能力大约会让每位当代画家折服。

1997年8月14日

今天是雪顿节——吃酸奶子的节日。

1997年8月的拉萨八廓街上

赶上了晒佛节(1997年)

昨晚上下起的雨一直不停,这雨好熟悉,没完没了像回到了江南。下楼没感觉,上楼要慢,否则会胸闷。每晚睡足八小时,中午还要加两小时,仍不能肆意行动,因为氧气只有平原地区的65%左右。雨一停即驱车前往哲蚌寺,它与甘肃的拉卜楞寺和青海的塔尔寺等为黄教六大名寺。哲蚌寺离市区十公里,远看像堆积在山坳里的群佛,又像一袋袋的大米。来添油的藏民虽然不少,却总有种森森然的气氛。据说这里有7777个喇嘛,辩经场院和一级一级的辩经台给我留下很深印象。一阵风吹过,冷得浑身发抖,小喇嘛却仍半只膀子露在外忙来忙去。

下午去色拉寺见到了永生难忘的画面——晒佛（唐卡佛像）。数不尽的藏民涌向一片山崖,排着长长的队伍向唐卡献哈达,男女老少,士农工商没有地位尊卑,一律排队向佛。药草堆燃着烟火,糌粑和青稞酒浇向草堆,浓烟滚滚,天空黑了一片,香草味和着酥油味儿飘着,一直飘到天边,在梦中见到的场面现正被我体验着。平面的大佛在微笑,信众如潮,老外们目瞪口呆。我上上下下找画面拍照,虽有时被烟熏得睁不开眼睛。

天是阴的,山崖很高,唐卡上的大佛始终在笑。

1997年8月15日

上午去罗布林卡看戏。

藏民们一家一家地带着帐篷,搭在林卡的空地

幽暗的殿堂与绚烂的阳光构成了布达拉宫。
(1997年8月)

在大昭寺的房顶

上,阳光让草地变得粉绿,藏女的红裙亮得耀眼。看戏的人自觉地围在广场四周,台子是搭起的布棚,我们站在最外圈。一个警察边啃着奶疙瘩边喊:"坐下,坐下。"约摸一两个小时,演员出来了,男的戴着古老的面具,女的齐舞齐唱。藏戏是极古老的剧种,非常单调,我有些受不了。但能感到它完整地保留着原始的古朴。

听不懂但很上画,带相机的人"咔嚓"地忙个不停,视觉效果远远超过剧情本身,对老外们来说,这就足够了。下午去药王庙,窄窄的山路旁,堆着无数的玛尼石,刻着经文的石片五颜六色,大约是六字箴言一类的藏文,但很富绘画性和装饰味,每一块石头都像艺术家手里的活儿,我实在想收藏一块,但终于没有去拿。

1997年8月16日

沈处长带我们去了拉萨城东的一个县——达孜。这个县就像我插过队的村子那么大。最大的单位是县农行，只是一个有六间房的小院。三分钟县城便走完了，我们下车浏览，一色的藏式平房、草垛、青稞田，四周是高高的不长树的山，蓝蓝的天，白白的云，藏女们背着柴草或粮食时不时从面前走过。

抬头间，西边的丛山之中，布达拉宫童话般地置于阳光下，不断变幻颜色，那是一团团飘动的云的原因。黄昏快到了，布达拉宫连同衬托它的群山都成了金色。达孜县不需高楼点缀，在这样的童话里生活，人始终在精神的慰藉中。吃和穿还重要吗？

又去了八角街，又一次"狂轰滥炸"地购物。

晚饭在藏民开的"怪牛沙龙"吃，这是高原上的"前卫"餐厅，边吃边看藏族女孩跳舞。男孩女孩均能说英文，又是市场闹的。

糌粑不好吃，但我能吃，就着奶疙瘩喝了很多青稞酒，喝得太阳穴有些胀，我们互相祝酒："扎西德勒。"

1997年8月17日

在漆黑的夜幕中飞驰去机场，这是当代中国离城市最远的机场。一点点地观察高原的天是怎么亮的，看了高原日出的全过程，沿着雅鲁藏布江奔跑，连绵不断的峻岭由黑变灰、由灰变蓝、由蓝变红，早霞和群山一起编织着无尽的回忆。十点半，飞机离开了梦一样的拉萨。

尼泊尔购物记

北京今冬干冷,到三九还没见到一片雪。我和夫人南下向西,去了一趟尼泊尔。

下了飞机,驱车至加德满都市中心的一家小宾馆,登记住下。这家宾馆东西南北都是窄窄的马路。路虽窄却不拥挤,汽车摩托在其间穿梭,行人往来,像各色人种的展览。路旁房屋二至四层,或新或旧,风格有点像波罗克,又有点中国南方味道,更多的是有些藏式风格的民居。时时闪现出的精美的门雕、窗雕,则是地道的尼泊尔味儿。街上的小佛龛是砖结构,点着香,燃着灯,好像有人管理。电线在窄窄的街道上空像蛛网,电线杆和霓虹灯组成随意的图画。那些精美的窗雕、门雕就在露天的街巷里,任风吹日晒。一些破旧的,很像潘家园地摊上的东西。

小街道两旁全是店铺。除了服装店、礼品店,便是一家又一家的古董店了。除了印度教的物件外,藏传佛教的古董和工艺品充塞了一家又一家的小店。金铜佛造像、木雕佛陀、石刻砖刻的菩萨,各种民间金、银、铜、锡器,各种首饰挂件,让人眼花缭乱。每个小店足可以看上半天。而唐卡有专门的店,老的、新的、丝织的、纸绘的、卷轴的、装框的,大大小小品种齐全。比乌兰巴托丰富得多,甚至不在拉萨之下。我在一件老旧的唐卡前驻足。问店主:"这件有年头了吧?"店主说:"这不是老的。挂它的主人不爱惜,变旧了。"这可不像潘家园,很多东西故意弄得脏兮兮的很"古老"的样子,然后当老东西卖。尼泊尔人的这句话在潘家园可是听不到的。

转了一圈回宾馆睡觉,脑子全是唐卡,人还沉浸在古董摊的兴奋里。第二天,早早地起床用餐,到加德满都巴德岗杜巴广场参观。这个广场是加德满都的符号,许多摄影作品和电视片里的画面在这儿一一对上了号。这片建于13、14世纪的建筑群是原封不动的中世纪尼泊尔。建筑的整体格局、结构设计、装饰手法乃至细部的各种图饰都能慢读慢品,照相机不够用了,眼睛才是最好的相机,画速写也只能记图形,用文字记下来则更好。和建筑媲美的是广场周围的文物商店,密密麻麻,一家又一家,像是宗教器物的博览会。在一家稍有规模的唐卡店铺里,我看到了一件应当挂在我家客厅里的东西。这是幅稍显古旧的唐卡。画的是阿弥陀合掌像,上下左右皆为度母,底为描金荷花图案。绘于绢上,真丝手绣的底,上下有硬木质的轴,在我看来,至少是百年以前的活儿。主人要500美元,导游说,可以还到40%的价。但我还是以150美元的价格拿下了这件东西。这件唐卡,在北京应该是万元人民币以上。我和夫人的高兴,绝不止于买到了便宜,确确实实被它的形质征服。这是件作品。它的题材、它的绘工、它的材料,总之,它整体的气质是地道的尼泊尔的,是佛祖家乡才会有的东西。我让店主小心地卷好、装筒,以胶带纸封好。回饭店途中那心情不亚于儿时过春节。

后来的几天,我就在喜马拉雅山的南麓,从茫茫夜色到黎明前日出,在2000米海拔的阳光下,尽情地品味尼泊尔。然后带着梦一样的回味登上了回国的飞机。

在飞机上回味并盘点着收获,忽然有个重大发现。买的唐卡忘在那个不记得名字的小宾馆里了。

1993年秋海因巴赫的夏季艺术节

1993年8月29日

英航C38（BA）班机于上午11时准点离开北京首都机场，向西飞去。10小时后抵伦敦西斯罗机场，因时间差，这里仍是阳光灿烂。在机场大厅逗留三个半小时后登上赴杜塞尔多夫的飞机，一个半小时后在杜塞尔多夫国际机场降落。出关手续极其简单，看一眼护照完事。机场大厅静寂得可怖，人们从皮带运输机上取自己的箱子，也只有箱包碰撞的声音，而听不到说话。TTT艺术家协会的负责人，这次邀我们来德国的主人弗朗克·沃尔尼率领他的三个朋友站在候机大厅门口向我们招手，整个儿一个牧马人的样子。

汽车在夜幕里飞驰，时速高达180公里。在这里，时速低于140公里要罚款，路面像钢板似的平坦，巨大的荧光路标密度很大，迅疾地闪过，打开一点车窗，对面方向过来的车子如子弹般呼啸而过。时速到了240公里，简直在飞，我有些担心。两小时后到了目的地，弗朗克·沃尔尼一边让人把我们的行李搬到楼上，一边带我们去了他的会客室，这里已经准备好了一个烛光酒会，一群黄头发在幽幽的烛光里忙碌。这是一处六层楼的城堡，走廊、四壁乃至墙角全部都是艺术品。艺术就是语言，不用说话也心领神会了。

桌上摆着十几种酒，雪莉酒、马丁尼酒、白兰地及各种优质的葡萄酒，当然最

在法国（1993年）

在奥地利（1996年）

著名的是德国啤酒。按德式喝法，先喝一杯烈性的马丁尼，一饮而尽后趁着胃部的兴奋把啤酒喝下，效果不错。除了蛋糕之外，形形色色的"器斯"，甚至有又酸又臭的，最年轻的画家常青吃了一块忙找地方吐出来。于是晚餐变成了地道的品酒会。

在宁静而又陌生的气氛里，酒会由生疏到热烈最后结束。各人回房间休息。

1993年8月30日

弗朗克的庄园叫"美景眺望"。这是在一处翠绿的山坡上，格林童话般矗立起的白色城堡。它的四周是山，西边的山后面便是比利时。城堡背后是一条小河，小河的北面是个小镇，小镇的名字叫汉姆巴赫。汉姆巴赫连同山谷、河流和总是蓝湛湛的天空构成的画面似乎在哪儿见过。对，是在画册上。难怪这里产生了海涅、歌德和贝多芬。

"美景眺望"在一战前是旅馆，曾被炸毁，修复后变成了修道院，二战后，再次成为废墟。弗朗克仅花了100多万马克买下了这座楼，几经翻修成为今日模样。这里住着弗朗克的一家，但从三楼到六楼的几十个房间全部空着，留给来访的朋友住。一楼有个教堂改成的音乐厅，两组长长的彩色花玻璃窗漏进阳光很有音乐效果，整个乐器配置和音响设备都是第一流的，电键一打开，绝对让人怦然心动。一楼还有个展厅，足可以陈设50件油画作品，专门配置的射灯可让作品显示最佳效果。地下一层是一个现代化的厨房和餐厅，一个长餐桌可举行20人参加的宴会。这一层还有木工房、洗衣房、暗房、工具房。弗朗克喂着十几匹良种马和猛犬、观赏猪。早晨，弗朗克亲自喂马，傍晚，骑着马在翠绿的山岗上溜达，其余的马在草坪上撒欢，与其说弗朗克是个艺术家，还不如说他是个牧马人。而五部豪车更显示着他非同一般的经济实力。猜想，他第一职业应该是艺术品经纪人。

晚上我们发现了一本赛马杂志，知道了弗朗克是上一届巴塔哈斯的赛马冠军，原来如此。我向弗朗克要一张访问日程表。他说："别着急，不要定什么计划。什么要求都能达到，说去巴黎，立刻动身，看看我的马，你们就知道我的实力了。"我想像的德国人的严谨在弗朗克这里荡然无存。

庄园大楼非常漂亮，一个螺旋式的梯子从底楼"旋"到六楼。壁灯、粉墙和油画的情调是超一流的。从一楼一气爬到六楼并不觉得累，因为所有的装置都极其舒适。应该承认，他的审美眼光是一流的。

1993年8月31日

弗朗克的女友莫尼克兼管家和秘书，长得很像金斯基，我们称她"银斯基"，她耐心地教我们操作厨房里的电器。早餐除用热水冲咖啡和红茶外，全从冰箱里取。内容有面包片、各种点心、奶酪、黄油、火腿、香肠、果酱、牛奶等。我们十人围长桌而坐，亮晶晶的刀叉和洁白的盘子诱人食欲。阳光透过后院的树缝和餐厅的白纱窗帘柔和地洒满房间，拉开窗帘，满目浓绿。

早饭后，沿着庄园后的山间小路下来，踏着厚厚的落叶来到河边。这地势很像甘南，像马尔康、像九寨沟。只是多了残旧的古堡和童话般的老房子，教堂早祷的钟声像清脆的诗句。阳光灿烂，街道上没人，只我们几个中国人在徜徉，静得能听到远处流泉的水声。所有的房舍都像模子压出的工艺品,千姿百态,好像刨过许多遍又抛光,油漆像刚涂上的,每个窗台有鲜花,鲜花像刚刚洗过。每幢房子的门把手、门锁、庭院的栅栏、信箱都是艺术品。仿佛这儿的木匠、铁匠、电工、水暖工,在这儿动手盖房子的所有人都受过艺术教育,学过设计,除了精细之外,绝没有色彩上的失误,每一个角落都和谐,视觉绝对舒服。

这儿没有灰尘,用手抹一下靠街的窗台,橱窗的边沿乃至垃圾箱的盖子,绝无灰尘痕迹。街边的条凳像刚刚刷洗过,厚厚的木板是上等的木材。到处是黄色的电话亭,电话亭里有德文的市、州、全国电话号码簿,号码簿很新,看封面知道是1990年出的,已摆了好几年了。电话亭自动投币,只要带足马克硬币,每个电话亭可以打到世界上任何一个角落。街道两旁的墙上镶有工艺美术品般的自动取款机、自动售烟机、自动售饮料机,邮局门口自动售邮票,陈放着免费自取的小镇地图、北莱茵州旅游图、莱茵河沿岸古堡介绍和各种商品广告册。从地图得知这个汉姆巴赫小镇是个旅游度假区,但也是个边远的乡村,街上常见穿着考究的绅士淑女牵狗缓行,那拄杖的老年夫妇极像是某某男爵和他的夫人。所有人的衣衫都不见一丝灰垢又烫得笔挺。来之前,我无论如何也想不到世界上竟有这样一个角落。

山上的树浓绿夹着金黄,秋天到了。森林由大片的草坪连起,草也是浓绿的,花和草在早晚10℃左右的秋天依然茂盛如春,想那品种是优选过的。汉姆巴赫是个天然花园或者说是个森林公园。

视觉的满足能代替味觉就好了,可惜不行。弗朗克把吃饭看得太简单,没给我们找厨师。他从世界各地请来了艺术家,从来没专门配过厨师,都是把几个大冰柜装满,自己动手冷餐。他们吃饭极简单,除了"器斯"(酸奶酪),就是面包、黄油、果酱、红肠,老是这一套。虽然这些玩意儿让他们长得高高大大,健壮有力,但毫无口感。他们对吃的要求太低了。艾轩直叫嚷受不了,痛苦不堪,虽然他在美国生活过两年。王怀庆和尚扬一闻到酸"器斯"就想吐,有人开始拉肚子。

两天了,没有酱油,没有味精,没有葱、蒜、酱(只有番茄酱),没有青菜,只有苹果和葡萄。问题有点严重。

与闻立鹏、尚扬等在德国杜塞尔多夫伊门道夫工作室。伊门道夫是当代德国重要画家,他的画室由一处1000平方米的(三层)车间改建。

1993年9月1日

今天上午,北莱茵州州长凯默尔借迪伦市博物馆大厅举行对中国艺术家的欢迎仪式。大厅没有桌椅,全站着,靠墙的一排条几摆满各种酒和点心。每人举着一杯红葡萄酒听州长发表热情洋溢的欢迎辞。我被州报的一位记者盯住,要我发表点想法。她对中国极不了解,问我艺术家有没有自由,地位如何。我告诉她,看看我们的画展你就知道了。我说在中国,艺术家大都有工资,此外再拿各种报酬,许多画家是被当明星一样看待的。她居然很吃惊。

离开迪伦市,赴尼特根古堡参观。莱茵河沿岸处处古堡。从梅因斯到科不林兹90公里,是莱茵最精彩的一段。歌德、海涅、拜伦无数次歌颂过的古堡、葡萄园、岩山、教堂、五光十色的小镇一一展现在眼前。而象征人类荣枯盛衰的古堡简直如点睛之笔,勾画着德国几百年来的历史。古堡或者要塞,或者是君主、王公的宫殿,由于坚固无比,在二战废墟中居然完好保存着数百座。北莱茵州是古堡密集地段,这是因为中世纪的莱茵河是重要交通枢纽,为了占地争夺,为了据城征收通行税。所以上至国王,下至地方领主,常据古堡而作战,中世纪的莱茵河打来打去十分热闹。尼根特古堡建于1170年，正是我国南宋时代，就古堡内陈列的文物看，文化气息较南宋差之甚远。而冶炼技术却相当发达，精致的铠甲不仅护住全身，连手的五个指头、三个关节全能护住且可自由活动。甲上铸满花纹，设计机械的聪明由来已久。而挖眼、割耳、剁脚之类的刑具却令人毛骨悚然。12世纪的欧洲竟还如此野蛮。

晚上，弗朗克兴致大发，亮出"TTT"的绝活，"TTT"是音乐家弗朗克、彭克（这两位还是杰出画家）和少一颗牙的法国教授艾伦的代称，他们的CD磁带已风靡欧洲。他们忘我地进入了音乐状态，那是即兴式的，没有标题，没有曲谱，在空气中自由产生的旋律，超一流的音响送出最佳效果。管风琴、大贝斯和架子鼓响起来，弹电吉它的弗朗克像进入了气功状态，我和尚扬都一展歌喉。这时，无论是流行歌曲或者民歌都十分地苍白乏味儿。聪明的尚扬吼起了号子，那是带有信天游味儿的号子，悠扬而神秘地由远及近，有哀怨，也有朗声地大笑，完全是即兴式的。我们都为尚扬意外显露的才华和全身心地投入惊呆了，弗朗克和彭克、艾伦高兴得发疯，一曲终了，竟拥抱着尚扬不放，要把"TTT"改成"TTTT"。

1993年9月2日

"美景眺望"住进的人越来越多，来自美国的优秀黑人歌唱家吉尔斯、长笛演奏家尼斯，还有优秀的舞蹈家、摄影家、雕塑家及来自波兰、法国、荷兰、奥地利、爱沙尼亚等国的艺术家，整个儿一个"欧洲兵团"统统住在弗朗克家里。

弗朗克跑上跑下，忙来忙去，"艺术节"在紧锣密鼓地准备。"欧洲兵团"似乎不吃饭，往往几块"器斯"，几瓶啤酒让他们乐呵呵地过一夜。我开始留恋起我在台湾、香港、新加坡、马来西亚被盛情接待的情景，那可是海鲜加上满耳乡音，即使在前苏联，也有个小刺猬餐厅努力适应我们的口味。弗朗克开着大货车到很远的城市里为我们采购中国食品，建国和何冰跟着他去，连涪陵榨菜、镇江醋都买来了。我们布置了一个"中国城"，全是吃的，并由我制定值班表，轮流做饭。

看到我们三个人忙着烧饭，弗朗克和莫尼克都很惊奇，大约是嫌我们过于认真了。让他们见识见识中国人烧饭菜也好，这也是"行为艺术"，与弗朗克扛着软管子到处装置(制作软雕塑)一样，都是为了让生活有滋有味，只不过是味觉和视觉的差异而已。王怀庆、何冰、尚扬和陶咏白都是烹调高手，现代化的厨房加上应有尽有的材料很出效果。香味儿从地下室餐厅溢出，直冲上楼，然后弥漫了整个儿庄园，连百米之外的弗朗克的狗都挣断了链子跑来了。莫尼克过来了几趟直皱眉头。我知道，她是怕油烟。在欧洲，家庭主妇都怕油烟。老外们一个一个从楼上下来，连声"OK"。我们热情地让他们坐下，把最好吃的东西盛给他们，其实也就是排骨土豆、宫爆鸡丁之类的家常菜，做得考究些罢了。老外们其实是有口感的，吃得非常兴奋。结果，饭做少了，闻立鹏和苏天赐老先生都没吃饱，我们做值日的很狼狈。

老外们吃完，一推碗就上楼去了。我和建国洗盘子收拾，虽有洗碗机，连擦加洗也忙活了两个小时。

1993年9月3日

才过了四天就已拍完五个富士胶卷，其实还没离开过海因巴赫。一睁开眼处处画面，不拍觉得可惜。

苏先生已画了不少速写。早饭后，我和闻先生、何冰三人去波恩，与中国大使馆联系。翻过山上了高速公路，汽车飞驶在气势凛然、一往无前的公路上，真痛快，时速经常超过150公里。记得看过一个德国片叫《古堡幽灵》，是说三个幽灵在去波恩的高速公路上兴奋无比，如今轮到我们三位来体验一下了。公路两旁是大片大片的田畴绿地，丛林原野，而且起伏有致，偶有教堂村落，先露个房尖，然后是一片灿烂的村舍，直至消失，处处是康斯坦布尔笔下的油画效果。德国的耕地最多三分之一种粮食。而且多是玉米，国家吃粮靠进口，其余的土地种草种树就是为了好看。德国木材也靠进口，把森林留着并不断培植新林区。大片的草坪加上成群的奶牛是德国一景。村庄就是小镇，而小镇就是连成片的洋房，是草原上的风景区。农村，在这里是超过城市的地方。

波恩是个肃穆宁静的小城市。明斯特广场上矗立着贝多芬的铜像，寄托人们对这位波恩儿子的崇敬。市政厅那所白色的巴洛克建筑十分引人注目。商店没有惹眼的霓虹灯和巨幅广告招牌，即使有广告也很得体，整个城市挺文气。市场，商店都很低调。

给我们开车的老先生对波恩不熟，不断地停车问路，人们不断地热心指路。一个正在加油的出租车司机主动开车在前带路找到了中国大使馆，丝毫不提报酬事。在使馆我们与文化参赞陈联青交谈了个把小时，他喜欢文学，是1950年代复旦中文系毕业生。当听到闻立鹏是闻一多的儿子，艾轩是艾青的儿子时，他对我们有了浓厚兴趣。爽快答应来参加我们的画展开幕式。

又到开饭时间了。八仙过海，做饭质量大有竞赛趋势，品味一天天在升级，香味弥漫着整个儿休不里克（"美景眺望"）。"快坐下，快。'欧洲兵团'一过来，我们就没地方坐了。"刚坐下，"OK！"两个老外声到人到，又是不让就坐下，大吃大嚼，盯着我们的烹饪作品，陶醉之极！老外们再也不吃冰箱里的冷餐了。还好，今天有意多做了饭菜，只是饭后杯盘狼藉，堆在池子里像座小山，令值班的常青和何冰直皱眉头。

1993年9月4日

今天中国画家作品展开幕，莱茵州长（据说是下届总理人选）和陈联青参赞及迪伦市长，彭克（当代德国绘画大师）及众多美术界的朋友都赶来了。索林根市美术家协会的朋友们很有感触的说："这是真正的艺术家的作品"。对于他们比较陌生的中国画家作品看了又看，流连不去。看来艺术的语言没有国界。

又到晚饭时间，"八国联军"（我们昨夜已换了这个称呼）鱼贯而入，我们的热情再也鼓不起来。

随他们自己动手。他们毫不客气，最重要的是编制不固定，今天你来，明天他走，住几天也没个定数，连弗朗克自己都报不清到底请来了多少艺术家，他们谁也

2004年3月10日,在德国慕尼黑阿尔瑞希特画廊举办了《程大利水墨艺术展》。阿尔瑞希特画廊是德国最具影响力的画廊之一,每年展出世界各地7至8位艺术家的作品。这一次是被邀请的第二位中国画家。2002年,朱乃正作为第一位被邀请的画家在此成功地举办了展览。

没想到动手烧饭。难道把我们当成了弗朗克请来的十名中国厨师?吃倒没关系,刷碗的工作量太大了,他们碗一推就走人。我们开始讨论艾滋病会不会通过唾液传染的问题。你客气,他不领情,只好入乡随俗了。我们决定用一次性碗筷,并提前开饭。用弗朗克的话说"吃饭是需要,而不是礼节",OK,就这样。你们还是打开冰箱自己动手吧。

1993年9月6日

今天是艺术节的高潮。"美景眺望"像过圣诞节一样热闹,弗朗克搞了个硕大的活动啤酒车,简直像个大舞台,向来参加艺术节的人供应饮料和啤酒。弗朗克雇人服务。他的可爱的孩子们也在帮忙,草坪上放了许多长条凳,大楼下放着许多把白椅子,"美景眺望"成了露天酒吧。

来看我们画展的越来越多,几大本签名簿已用去许多页，许多签名是精美的艺术品。有人画个自画像，有人用标志，有人就在签名本上搞起现代艺术。还有热情洋溢的诗句——"来自中国的艺术家们，你们的作品充满善良，我们看见了你们的心"。

他们看中国画作品注重感觉，但对中国绘画的独特审美形式缺乏理解，比如他们把中国水墨画看成素描。他们没有以书入画和骨法用笔的概念，有时他们用实证的方法研究中国画家为什么要这样画。所以，不排斥相当一批观众是来看热闹的。但是，艺术家们懂，好作品无须解读。

弗朗克设计的艺术节项目除中国艺术家作品展外还有音乐会、雕塑作品展，而最别致的当数一个弗朗克亲自参与的行为艺术展。下午3点钟，软雕塑的黄叶片、红叶片旋转着，阳光沐浴着草坪，一个身着黑色紧身衣的女舞蹈家翩然起舞，这的确是位身手不凡的舞蹈家，她以身体语汇细腻地表述远古人类和现代人类的生活和思维的方式。这时，弗朗克骑着马跑进草坪，他身着白底红桃扑克牌图案的袍子，蹬着中世纪的马靴，那神采真如几世纪前的骑士，他绝妙的马技与舞蹈家的动作相辅相成地对话交流，表达着一种神秘、微妙而又复杂的情绪。乐队整个儿分散了，萨克斯跑到了我们背后，长笛到了汽车库顶上，空气中弥漫的音乐是立体的跨世纪的感觉。观众们屏心静气，我不知不觉中用去了两个胶卷。这种综合行为艺术在德国也很新潮。

晚上的焰火晚会把艺术节推向最高潮。数百位观众进了弗朗克庄园。三面的山顶上有弗朗克布置好的演奏手。黑管、萨克斯和长笛是从三个方向传来的。弗朗克在六楼顶用探照灯指挥。黑沉沉的夜幕就是一个天然大舞台，乐声幽幽的极神秘。应该说弗朗克是个天才,此时此地此举绝对是一流艺术家的构思。月亮悄悄上来了,大约是十五了。正是中元节,南洋的华人大约正在演鬼戏舞狮子,去年这时我正在马来西亚办展,而现在我却在西欧的这个幽谷里体验这种情调,当代人的便利是前人没有的。

一大段神秘的音乐结束,夜幕下的原野上爆起了掌声。紧接着焰火升空,千红万紫。到底是造型艺术家挑选的焰火,色彩和形制均有绘画性。弗朗克财力真是可以,焰火放了半小时,花费至少要上万马克。

1993年9月8日

一大早,铅灰色的流云在碧野上翻滚、奔腾,心中有些不快,怕影响今天的活动。我们来后,每天都有一场小雨,雨后必见彩虹,然后又是艳阳高照,这场雨仿佛就是冲刷一下森林草原和房舍马路的,9月的德国西部实在幸运。

北莱茵州人足资炫耀的古堡(德国)

幸好是毛毛雨,那雨落在脸上、手上,轻如丝、凉如簟,让人惬意。汉姆巴赫小镇像披了一层薄纱,教堂、古堡、小桥、尖塔连同背后的大山扑朔迷离,倒又添了不少情趣。车在雨里雾里行了一个多小时,太阳突然出来了,渐渐地又碧蓝如洗。我们来到了科隆。一下车,耸入云端的科隆大教堂把我镇住了,教堂像黑色的山峦默默地矗立,有种巨大的威慑力不能不让人敬畏。情不自禁地要拍照,但200米内

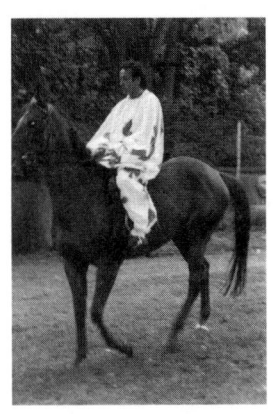

弗朗克在表演他的作品——"行为+装置"

博物馆的瞬间与画友志鑫合影（1993年）

2002年5月与李松、刘晓纯、皮道坚、程征在纽约吴毅、沈蓉尔夫妇家作客。

根本拍不到全景。在教堂前的广场上找角度，风大的几乎将人掀倒，而看看蓝天下的塔尖又静寂之极，扑扑拉拉的是飞起而又落下的鸽子。进入教堂，高远的穹顶又一次让人惊呆，两边祭坛上密匝匝燃烧着成千上万支蜡烛，蜡烛的火光映红了黑暗的墙壁，火光摇曳着，好像是一首低沉的合唱。台基上镌刻着1248——1880，建教堂花了600年时间，是哥特式建筑的最杰出代表。教堂安静地出入着教徒和游人。

  往东便是静静的莱茵河，河两岸翠绿如夏。一座大铁桥横跨河面，两侧分置四个巨大的青铜骑士像，像下照例是花坛，鲜花浓艳如洗，在德国，所有的花都像刚刚洗过。

  科隆的商店和其他城市商店一样，十分讲究装潢，讲究装饰和布置的绘画性，所有商品均明码标价，顾客自选，然后自己去银柜付款。营业员极少，也没有讨价还价一说。但有的商品定价悬殊，如富士胶卷，同一品种居然三个地方价格不一，最高的9.95元，最低的3.95元。德国定价最喜欢定在95或99，如2.95元、3.99元，所有商店、所有商品莫不如此，这是十分古老的生意把戏。这里的机械制品、电子及金属制品、皮革制品是第一流的，做工精细，造型讲究，重视视觉效果，画画的人看了特别舒服。时值中秋，这里不少人已经穿上皮夹克或其他秋衣，所以橱窗里的模特儿穿着也厚起来，连衬衣、毛衣、马甲、外套一并穿起，逐一标价，每个模特儿都在启示人们衣服的色彩和质地要怎样搭配才协调？店里的老板好像很讲究色彩学，看看周围人的穿着，深深感受到，这毕竟是"包豪斯"的故乡，包豪斯色彩设计思想像中国"文化大革命"一般地曾经触及过每个人的灵魂。"包豪斯"革命的结果是人人懂得怎样穿衣服才漂亮，怎样设计才舒服。包豪斯把欧洲提高了一个档次，包豪斯现象是名副其实的视觉革命。

街上延续着商店伸展出的货架。如胶卷，在店门口堆得像小山一般，也没人看管，许多商品堆在店外的街上，没人管，你要拿着商品进店跑很远才能找到付钱的地方。据说没人偷商品，但街上有乞丐，也许偷东西的人目标已转移到偷汽车、偷名画，一般商品已不放在眼里了。

超市在我看来最大特色就是清静整洁，空气清新。不仅没有菜叶葱皮，连一丝灰尘也没有，萝卜白菜都是塑料袋包装，除肉鱼蔬菜之外，四季水果也很齐全，此外兼营厨房用品及烟酒杂货等等。国内的家庭主妇到这儿来买菜该是多么舒服，但又少了鸡鸭叫闹的气氛，少了讨价还价的乐趣。夏天怕会都挤到这里来乘凉，拥挤之下自然少不了小偷。所以，这超市菜场暂时还不符合国情。

超市这种便利店，在中国普及是迟早的事。

1993年9月9日

今日阳光灿烂，一早在汉姆巴赫车站等火车。车站除我们几个中国人外一个人也没有，这很像中国的山区小站，但建筑则漂亮得多，车站是一幢被鲜花和绿草围绕的漂亮洋楼。

火车来了，是电气火车，只两节车厢，两端都有驾驶舱。火车司机西装革履，一副绅士派头。从汉姆巴赫至丢轮100多公里，来回6.5马克，上车后用硬币自己买票，自己检票。火车十分清洁、宽大，坐椅为软呢子格子面料的沙发，可以调整方向，调成对面坐或朝一个方向坐。车窗宽大明亮以致满室阳光，偌大一节车厢就我们10个中国人。没人火车也要按钟点跑，一分钟不差，我估计德国的铁路运输绝不赚钱，肯定要靠政府补贴。政府的钱则来自每一位纳税人。

火车两旁是森林加草原，大群的奶牛在草地上晒太阳。偶尔出现的古堡和小镇像绿色世界里的雕塑。我纳闷这里的天怎么会蓝得耀眼，草绿如碧，无灰无尘大约是个重要原因，但一个国家搞得无灰无尘该要下多少功夫呢？最发达的国家有最洁净的空气，这就是现代化了吧。

1993年9月15日

几天来，莫尼克都是阴沉沉的脸。我们私下里开始称她"古堡幽灵"。苦思冥想在什么地方得罪了她。想起来了，我们炒菜的油烟是她最反感的事。但这事已改正，一般只用蒸、煮、炖、卤，不让油冒出烟来。还有我们要求用一次性碗，她买来了，德国一次性碗质量不错，但既是一次性的，用完总想扔掉，但莫尼克把我们扔掉的碗洗干净又摆好了，放在那里，按说这是对的，是环保意识，好吧，我们各人记下自己的碗，变一次性为永久性。还有呢？是不是艾轩喜欢大声说话，常青往地上丢过烟头？这些我们都已经十分小心了，不去管她，只要我们尽力注意了，随她怎么想吧。

1993年9月18日

山上的许多树叶变红了，还有一种树呈柠檬黄色，耀人眼目。德国西部已经到了深秋时节，但草仍是翠绿翠绿的。去巴塔哈赛看赛马的小车以每小时180公里的速度在公路上"飞"着。绿树丛中蓝色的墙、红色的墙、白色的墙、黄色的墙以及五颜六色的房顶在窗外闪过。不少轿车拖个车斗，车斗中有一匹骏马，肯定是赶去参赛的。巴塔哈赛是德国著名风景区，也是最大的赛马场之一。

在德国海因巴赫的一所中学里

  这里很像中国的青海、甘南或九寨沟,据说也像美国中西部的某些地方。青翠的森林、青翠的山坡,雪白的栏杆护住了赛马场,看台也是洁白的,硕大的顶像蘑菇般罩着看台上的数百人,栏杆外的草地上也是密匝匝的人群。这里设有饮品小吃服务,洁白的桌凳和侍者洁白的帽子更衬出草绿花红。各种各样奇异艳丽的服装,各种稀奇古怪而绝不雷同的宠物狗,各种式样各种颜色的胡须在这儿荟萃。《马赛》杂志封面赫然印着上一届的冠军弗朗克·沃尔尼,原来他是向我们炫耀一下他在赛马场上的风采。我们当然要为他助威。他编在第五组第一号。为了给弗朗克助兴,也为了试试运气,我们都买了马票,有人买了20马克,有人更多。

  金秋的天空湛蓝,风把云丝吹到天边很远的地方。女人的金发,男人的胡须被秋阳打上了轮廓光,明晃晃地耀眼。以前在电影里和小说里见到的画面,此番亲历,总感觉看台上有安娜·卡列尼娜,像渥伦斯基的男人也不少。我们为弗朗克捏把汗,真希望严新能来发发功,让别的马都停下,让弗朗克拿下第一。照相机咔嚓个不停。播音员声音由缓渐急,兴奋、短促、接连不断的现场直播很富挑逗性,四个组的比赛很快过去了。弗朗克出场,可惜肚子大了点,腿也不长,我有点担心。但无疑,他是艺术家群里最富挑战精神的人,况且他已经54岁,这在中国也不可思议。开始了,暴风雨般的第一圈跑过,我们的心都悬起来,情不自禁地狂喊:"弗朗克,加油!"结果是第三名。

在巴黎郊区的一个老伯爵的庄园里,和朋友们采樱桃。五月的巴黎 乡下正可体会"诗意的安居",1996年。

第三名也算胜利。因为我们在填马票时为弗朗克填了两栏,无论是第一名,或者是第三名之内,我们都可获奖,只是奖额的多少不同。这一下我们笃笃定定拿到了奖。电脑付奖,极快捷利索。赌输的人们把马票随手一丢,绿油油的草地多了一层白纸,被风吹来吹去。讲卫生的习惯和绅士风度由于赌输而丧失殆尽。博彩行业最容易暴露人类的丑陋。

1993年9月20日

汽车像参加拉力赛般地直驶柏林。距柏林150公里处已是原东德领土,只是一条高速公路属西德,现在这些已成历史。但村庄建筑仍差异甚大,一边是五颜六色的别墅建筑,一边是灰塌塌的瓦房,一边是浓郁的森林,墨绿的草地,一边是枯黄斑驳的原野,令人抑郁。连人都有差异,东德的人一眼就能看出来,就像在中国,能区别出城市人和农村人一样。柏林墙刚刚被拆除,暂存的一段供人参观,墙上涂满壁画,那是后现代风格,细看去,不乏表现主义力作。两个年轻画家正拎着漆桶画壁画,在这儿画画纯属发泄,可视作行为艺术。

夕阳给勃兰登堡门和国会大厦留下巨大的投影。这里虽是东西柏林分界,再往前回溯，一战、二战在这门下都有过壮举，苏联红军曾登上勃兰登堡门拔掉纳粹的旗帜。而希特勒曾在这幢大楼上炮制了著名的"国会纵火案"。眼下人流如潮，原东柏林的居民正带着孩子来这儿度周末，园林部门在这儿临时布置起了各种儿童乐园，烤羊肉串、烤肠、烤面包的气味弥漫在夕阳的余辉里。

国会大厦的西面是绿茵茵的波茨坦广场，从这里经林登大道可到阿加典米广场、博物馆岛、市政厅、亚历山大广场和历史博物馆。这里展示着整个都市的气魄，无论过去和现在，柏林都是欧洲举足轻重的大都会。波茨坦广场人头攒动，两天的周末（实际从星期五下午开始）使这里成了闹市。这里的地摊五花八门，不少人在卖前苏联国旗、东德国旗、苏军帽子、勋章和卸掉扳机的老式枪械。花5马克就可以买一面前苏联国旗。东西德变成了一个国家，冷战结束了。

1993年9月21日

今天上午10点离开汉姆巴赫去荷兰。两小时后便进入了荷兰国土。初时也无大的异样，渐渐地发现土地的修整不及德国来得严格，有些随意，白桦林多起来，村庄也开始稠密，奶牛几乎遍布乡村，远远近近的风车告诉我们，这就是荷兰。下了车，田野上飘来的是清新的牛粪味儿和泥土味儿。

下午两点抵达阿姆斯特丹。这是座现代而又活泼的大都市，同时又是充满抒情气息的水城，它拥有

走累了。1997，巴黎

100条运河和1100座桥梁。它很像威尼斯和彼得堡，但比威尼斯热闹，比彼得堡现代，有时显得光怪陆离。市中心的水坝广场人潮涌动，各种肤色、各个种族在此均可见到，由于一边在修路，行人密度更大，有点像上海的外滩。和汉堡、科隆不同的是，这里的浪漫情调更足。远远地一个金发仕女左右肩各挎一包过来，像没穿上衣，走近一看，果然没穿上衣。好像也没谁吃惊。相比之下，波恩正统而严肃。浪漫之余，垃圾箱爆满，地上有烟头废纸，而且狗屎多起来，自行车乱放，总有行人在闯红灯，这里很像纽约，像纽约的曼哈顿。

古老而庄重的国家博物馆陈列着许多杰出的艺术品，最精彩的当数伦勃朗的陈列厅。伦勃朗的《夜巡》和几幅最优秀的自画像悬挂其中，《夜巡》让无数观众屏住了呼吸，1642年创作的作品像是刚刚完成，油彩似乎还没干，皮肤下的血液在流动，皮肤逼真得像富有弹性，这幅高达4米的大作使整个儿大厅辉煌无比。而维米尔的《倒牛奶的农妇》是使所有印刷品都黯然失色的杰作，微妙的色彩只能站在原作面前去感觉。而举世闻名的国立梵高美术馆展览着梵高的230件油画和400件素描，《向日葵》就陈列在此，许多游阿姆斯特丹的人就专为这幅《向日葵》而来。

在一家叫做"海城饭店"的中国餐馆吃过晚饭，我们便沿着运河旁的闹市散步，9点了天仍没黑，晚风伴着夕阳余辉为阿姆斯特丹涂上了一层神秘的色彩。街头艺术家吹奏的管乐，拉奏的小提琴曲都挺专业，做出雕塑状的叫花子很懂得艺术情调，这些乞讨是靠才能和智慧，而不是蜷缩在街角里等待施舍。悠闲的牵狗的绅士淑女、时髦的新潮青年与来自世界各地的观光客交织成人流，色彩在阳光下绚人眼目。其中痞子也不少，三五一群，卖些乱七八糟的东西，总觉得避而远之才安全。

吉戴克区的性商店和"窗之饰"是该城的一大特色，也是政府的重要收入。华灯初上时分，这里的橱窗就将妓女们陈列其中，穿比基尼的青楼女子像商品般展示在橱窗里，与一般商品不同的是她们抽烟，向游客挑逗，这时可万万不能拍照，因为这里是黑社会的领地。好事者挨揍的不少。

时时飘来的悠扬的琴声令人陶醉。循声找去，原来又是荷兰一大特色——街头风琴。这声音来自手拉车上一具手摇的琴箱，一人拉车，一人摇琴，已有300年历史。拉车人随时停下，与路人合影拍照，请来往行人赐些硬币。放进乐箱的曲谱是由纸片穿孔加工制成。目前不少车已由手摇改为马达，和荷兰风车一样迈入了自动化的年代。

夹道并立的商店都是17、18世纪的建筑，装潢设计十分考究，台夫特陶器老店、金银器专卖店、土特产品店和流行的超市、时装店、书店、餐厅、咖啡厅、电影院组成亮如白昼的商品街。商品应有尽有，价格较德国便宜一些。在这里时时见到标有"MADE IN CHINA"的商品，价格比西方商品便宜许多，这其中当然有质量问题。

几个中国哥们儿在这里挑选皮货，店老板问我们是不是日本人，是不是香港人，是不是来自中国台湾，我们说不是，我们来自北京。大概他们不相信来自北京的人能对第一流的皮货店评头论足。

1993年9月23日

今天已是第四次来到科隆。在华拉夫·里维兹博物馆我们又一次陶醉。我在东南亚还没见到过如此现代的美术馆建筑，室内装潢的现代趣味代表着20世纪末叶的工业文明，舒适、宽大、轻松、安静，采光设计富有诗意。上个世纪的大师们荟萃于此，本世纪的超凡者杜尚、波洛克、迪比菲、克莱因、克里斯托、沃霍尔、波易斯、基弗尔都曾在这里一展才华。德国是表现主义的故乡，表现主义完全突破了形式主义的传统路数。每个艺术家都傲视着前一代的天才而拓展新的领域，艺术已经突破了一般的陶冶灵性的功能，它开始进入了艺术家的自我反省批判阶段，强调精神性，把艺术与生活、与观众联系得更紧密，不断地破坏、实验、再生，创造些令人时时大吃一惊的作品，这就是"前卫艺术"。应当说，前卫艺术是欧洲后工业社会的结果，是自由的意识形态的必然产物。它的积极之处在于不断地自我否定和不断地超越前人。但是，它也让人担忧，美国人波特就写出《艺术死亡了吗》。

晚上8：40分我们登上卧铺夜车去维也纳。火车在莱茵河的大铁桥上隆隆驶过，科隆大教堂像张开臂膀的黑色巨人向我们挥别。在这里乘车出游实在轻松，只要买好车票，既不排队，也无人检票，上车后由乘务员检票，见不到熙熙攘攘排长龙的状况。服务员总是亲切友好地轻声服务，车上的一切设施都清洁得如刚刚出厂，绝无涂画痕迹，任何一处你放心地坐，不会有一点点污垢。车上有禁烟席和抽烟席，车窗上有个小小的标志，不准往窗外投物，谁都能看懂。车上的卫生间十分舒适，总是备有手纸、洗洁剂和擦手纸巾。火车开车不按铃，时间一到即发车。车隆隆地驶过科布伦次，驶过法兰克福，驶过慕尼黑，躺在舒适的铺上吹牛，每人讲个故事，车厢里不时地爆发出笑声。我在1989年到过苏联，与生活相关的物质状态与这里比绝对是粗糙的。精致且人性化就是西欧的物质生活。

1993年9月24日

一觉醒来，维也纳到了。阳光一直铺到车厢内的地毯上。窗外幽黑的森林、粉绿色的草坪和起伏有致的丘陵织成了奥地利式的风光图，想起电影《希茜公主》，情节记不清了，倒想起那风光。

维也纳火车站很静。地铁更静，甚至听得到自动电梯的声响。从地铁上来乘市内电车，自动投币买票，偌大一节车只一个驾驶员，买到哪里，花多少钱由于语言的障碍反而成了麻烦事，一位老先生说："没有硬币不要买票了。"那可不行，我们用纸币向乘客换硬币，投入票箱。

在市中心广场的露天餐厅坐下吃早点，脚下就是花丛，鸽子在其间走来走去。14世纪的大教堂和巴洛克建筑组成的街道富丽堂皇中夹杂着古朴。18世纪式的马车"嘚嘚哒哒"跑来跑去，驾车的人着燕尾服戴着礼帽，我们乘上去，一位马车夫把我们从洒满阳光的广场拉入幽深的小巷，咔嚓咔嚓中胶卷拍个精光，下车再买。维也纳的腹地是一派贵族气息，这里没有卡拉OK，没有迪斯科，没有摇滚，没有嬉皮士，至少这一切我都没看见。这里只有悠闲，只有花，仿佛全是绅士和淑女，全是赋闲的人。所以有这种感觉是因为这里太安静、太缓慢。难怪这里诞生了施特劳斯，诞生了莫扎特，这里的氛围应该出抒情音乐，出圆舞曲。

多瑙河在我们脚下缓缓地流，可惜不是蓝色的，倒和长江的水差不多。可能上个世纪蓝过，否则施特劳斯不会有那么大的激情。河面上泊着一艘豪华的餐饮船；铜塑的施特劳斯站在船首，忘情地拉琴，一阵阵醉人的旋律从船舱飘出。踏进船厅，一派堂皇，仿佛是宫廷的一角。原来这是该城著名的一处餐厅，收费当然可观。我们每人要了一份咖啡蛋糕，又要了些水果。不是开饭时间，只有茶点。来此的多是衣冠楚楚的绅士，我们几个不拘小节的羊毛衫和牛仔裤与此气氛颇不和谐。

若论城市规划和建筑格局，柏林、阿姆斯特丹、布鲁塞尔都不能与此相比，这是一座完整的近代建筑博物馆城。巍峨的王宫和草坪上骑白马的卫士凝结了历史，巨大的青铜塑像充分展示着巴洛克的情调。

看完克里姆特的艺术博物馆再去国家艺术史博物馆，惊叹于古典主义和近现代大师的深不可测，伦勃朗、鲁本斯、凡·戴克等人的精品很多。这里的希腊雕塑、古罗马雕塑和埃及雕塑是世界上收集最多的。我惊诧于埃及的大石雕柱子怎么跑他们这儿来了。以抢掠而言，也是巨大的工程啊。这不是一个民族的智慧，是全人类智慧的展示。

1993年9月26日

晚上与彭克会面。他被誉为德国当代大师。彭克，1939年生，人们称他为"德国当代艺术之父"，他的画价每幅都在20万马克（相当于100多万人民币）以上，许多博物馆有他的陈列室，当代所有的西方大博物馆都藏有他的作品，我们这次艺术节的海报就是他设计的，他为大众公司设计的绘画彩车得到100万马克的稿酬还有赠车，但他不会开车。腰缠万贯但有时会在公园的长凳上睡一夜，天亮回去。

彭克是弗朗克的朋友，是"TTT"之一，优秀的架子鼓手。他个儿不高，最多1.60米，在德国无异于侏儒，留着蓬松的大胡子，洁白的皮肤，衣着随便，且手不离啤酒瓶。但他衣兜里总揣着速写本，有时对着电视画速写，这使我很感动。我们在餐桌上边吃边聊，也不知喝了多少酒，弗朗克提议唱歌。于是他和彭克唱起了古老的德国民歌。

彭克平时架子很大，此时却一脸的天真，向我们学汉字。王怀庆为他画了一方印章，他激动得直拍桌子，他送给我们每人三件有签名的印刷品，我们也向他回赠了礼物。但令人吃惊的是，这位大师居然不知道中国有个顾恺之，不知道倪云林，让人不能容忍的是他居然不知道《红楼梦》！这使我联想到我在德国将近一个月了，在报上只读到两条中国的消息，一条是有人劫机去台湾，一条是申办奥运会没成功。看来，东西方文化交流来日漫长，一切的一切尚未开始。

尽管弗朗克和他的伙伴们对我们很友善、很客气，但时不时流露出的优越感和欧美文化中心论令我感到窒息。如果彭克知道《周易》和《老子》更多地了解中国画，肯定启发多多。语言的障碍太大了。我盼望着阐述学家的诞生。

1993年9月27日

今天参观杜塞尔多夫的现代艺术博物馆。现代艺术是德国引以为骄傲的艺术，表现主义发展到了后现代已经社会化了，从国会议事厅到公共场所，乃至军队和学校，只要陈设艺术品就一定是前卫艺术。杜塞尔多夫博物馆是一处挺超前的现代建筑。一进门的大厅便陈设着一块钢板，同伴以为是铺设地面的，竟走上去，我连忙拦住，果然旁边有作品说明，这是一件命名为"果实"的作品。这里有波易斯的陈列室。波易斯对当今德国艺术具有划时代的影响，他认为"人人可以成为艺术家"。他的观念推进了装置艺术，不同物体的拼接、组合、装置都可以构成艺术品。在洁白敞亮的大厅里，在射灯的照耀下，你不能不对着这些莫名其妙的"雕塑"思考。如果说这是垃圾，博物馆却愿出几十万美金收藏。这些作品的材料都非常讲究。制作也费工费时，加上超一流的环境，自然形成效果，它总是反应着当代艺术家的思考。

中午，我们赶到埃森小城，这里正展览着从俄罗斯借来的谢尔盖兄弟的收藏展，其中有许多在艺术史上产生重大影响的作品如雷诺阿、莫奈、高庚、德加、西斯罗、塞尚等等，而毕加索和马蒂斯的作品最多。观众很多，而主要又是老人与妇女，几乎没有年轻人，摩肩擦踵但悄无声息。德国朋友说，参观展览的多是中等以上阶层的中老年，他们不是赶时髦，而是以一种对历史的回顾或怀旧情绪去看这批珍藏。俄国贵族谢尔盖兄弟倾其所有收藏名画在欧洲影响极大。现代艺术展因为司空见惯，看的人反而不多了，现代艺术大师的作品被全社会普遍了解。反而有了普世的意义。

据弗朗克说，德国人所受的教育，一是要了解传统，二是要不断地反叛传统。教育的宗旨也是要求人们不断地革新创造，反对墨守成规，也不树立偶像，加上信息社会，整个欧洲相互影响，现代艺术很容易普及，当然并不是所有人都喜欢现代艺术，也许对现代艺术并不理解，但由于它的反传统性，人们反而在理性上接受了它。

但我却多了份忧虑，传统中许多东西不能反叛，轴心时代的孔子、释迦牟尼和苏格拉底创立的哲学高度我们只能无限地诠释。老子的天道观会永远地正确。

欧洲博物馆四记

1996年5月在卢浮宫

1996年摄于巴黎市政厅前

在罗丹故居驻足（1996年夏）

说不尽的卢浮宫

"卢浮宫"一词，在法语词典里是"捕狼者营地"的意思。大概在12世纪以前附近还有野狼出没的原因，法王菲力普·奥古斯特在巴黎城西修筑殿宇时才想起了这么个怪名字。现在它坐落在协和广场的一端，成为城市的中心。自1214年起，这座城堡被用来收藏皇家珍宝与文献档案。到了16世纪，已建成宫苑的卢浮宫成为弗朗索瓦一世（1515——1547）的皇宫。就是这位喜爱艺术品收藏的年轻国王，于1513年邀请当时已年逾六旬的意大利画家达·芬奇来法国定居。1519年达·芬奇死后，他用4000银币将画家最后完成的《蒙娜丽莎》买下并存入卢浮宫。弗朗索瓦一世制定了新的文化政策，大批吸收和引进当时最先进的尼德兰和意大利的画家。巴黎从此取代罗马成为国际艺术之都。卢浮宫经过资产阶级大革命由"皇家博物馆"变成了向全体国民开放的"共和国博物馆"。随着拿破仑征战和法国向海外殖民的进程，通过购买、馈赠和掳掠等方式，从世界各地流入法国的艺术珍品极大地丰富了卢浮宫的收藏。进入20世纪以后，卢浮宫又历经扩建与整顿，最具规模和现代意义的一次是1981年开始实施的密特朗总统提出的"大卢浮宫建设计划"——将卢浮宫分散的建筑联成整体，并使服务国际化。他们向世界建筑师招标，征集接待大厅设计方案。大批的法国建筑师的设计被否定，采纳了华人建筑师贝聿铭设计的玻璃金字塔、主进口和地下接待大厅方案。在施工过程中，密特朗每天下午要挤出时间去工地看一下，一国总统，如此重视文化是罕见的。1989年金字塔地下接待大厅完成并开放，1998年大卢浮宫建设完毕，总面积15万平方米，包括7个展区、198间展厅，藏品达40万件的全世界最大的艺术博物馆以崭新的面貌呈现

在奥赛博物馆（1996年）

在世人面前。

　　我是1997年5月第一次来卢浮宫的，先后多次地从外观设计到室内陈列端详琢磨，像拜会一位神交多年、心仪已久的老朋友。从书本杂志和所有文字资料上，我十分留心人们对卢浮宫的描述，对它的许多藏品多从画册里已眼熟能详，甚至能说出许多故事，即便如此，卢浮宫仍以崭新而神秘的形象展现在眼前。由于殿宇的宏伟和广场的宽阔，20米高的玻璃金字塔成为玲珑剔透的装饰，成为广场上的一颗大小适中的水晶石，成为古典庄重的建筑群中恰到好处的点缀，在对比与互补中实现了完善的和谐。一俟进入金字塔内，天光云影会透过奇幻的玻璃穹顶，伴随观众沿电梯直下到宽大而明亮的接待大厅，然后被方向不同的路引向各个展区，各种肤色的游客不需导游便可自寻其便，因为咨询台上免费赠送各种文字的参观指南。"指南"上明示着卢浮宫"三宝"的位置——胜利女神像、米洛的维纳斯和《蒙娜丽莎》等。不过，我还是按艺术史的脉络，从地下夹层的古代东方文物、伊斯兰艺术和古代埃及文物馆看起，像打开人类美术史的篇章，走进了幽深久远的时光隧道。两河流域的巴比伦，波斯王朝，金字塔下的法老陵墓，连同它们被悠悠岁月凝固在楔形文字碑、木乃伊石棺和狮身人面像中的神秘，一一展示在我的面前。登上一层是古代希腊、伊特鲁利亚和古罗马文物。昂头挺立的胜利女神像有3米多高，是公元前190年希腊人为国王德麦特里奥斯一世的某次海战祝捷而雕刻的，1863年从爱琴海的萨莫特拉斯岛上的神庙废墟出土，雕像被海风吹皱的衣裙和振翅欲飞的姿态

看完美国大都会博物馆,稍事休息。(2002年5月,参加纽约国际水墨画研讨会来此看作品)

代表着人类文明的一个高度。也是在这一层的另一个大厅《米洛的维纳斯》和《胜利女神》前同样挤满了人,闪光灯不断,允许拍照让它们更显拥挤。"米洛的维纳斯"准确地说应该是"米洛斯岛的维纳斯",1820年4月在爱琴海希腊的这座岛上被一个年轻的法国船员发现,他兴奋地报告了领事馆,建议政府买下,不久即被运往巴黎。站在她的面前,美是那样高度的和谐,连同残缺。难怪美学家以她为例无数次地阐释她,文学家藉着她把希腊神话中爱与美之神的形象送到世界上每一个角落。她是属于整个人类的。

连接着两个巨大展厅的长廊开成了一个大画廊,前半部是法国的作品,后半部是意大利文艺复兴前期的作品。大画廊的右侧另有三间展厅,一间展览荷兰作品,一间展着意大利的作品,另一间是法国古典主义的作品,和这三间隔走廊相对的又是三间,展览着古典主义、浪漫主义和19世纪写实主义三大画派的代表作,就这一层楼,集中着从《蒙娜丽莎》以来的人类最优秀的油画作品,好像把人类造型艺术的智慧都搜罗来了。20世纪之前的作品,无论就数量还是质量,卢浮宫都创造了奇迹。来自世界各地的观众们匆匆地跑来跑去,在一张张作品面前难得呆上一会儿,我当然也是匆忙的过客。而每一幅作品都是玩味不尽的精品,站在一幅画前看上几天甚至几个月都不为过,但这对我,对来自世界各地的很多人是绝对办不到的。我来卢浮宫7次,仍留下无尽的遗憾。

许多作品我们都熟悉得如数家珍,但当站在作品前,你还是被激动,被震惊,任何印刷品都毕竟无法代替原作。站在巨大的《拿破仑一世加冕》(931cm×610cm)作品前,你好像参加了那个宏大的场面,它记录了1804年12月2日在巴黎圣母院举行的隆重的加冕仪式。它是大卫的代表作,而安格尔那幅著名的《泉》则不及《坐着的莫蒂希尔夫人》更动人,后者不知为什么没被卢浮宫收藏而藏在伦敦的国家美术馆。从藉里柯的《梅杜萨之筏》到德拉克罗瓦的《自由引导人民》,一批浪漫主义大师的作品为濒于乏味的古典主义注入了一股新的精神。而库尔贝的《奥尔南的葬礼》和《画宝》,米勒的《拾穗者》则把写实主义推到了充满魅力的顶峰,任何一位醉心写实的画家站在三个拾穗的农妇面前都会叹服米勒的天才。一批19世纪的农村风光,把巴比松画派的优秀传统集中起来了,柯罗是这中间的杰出代表。

一遍遍地看下来,也只是接触了卢浮宫的只鳞片爪,因为卢浮宫有225个厅,40万件藏品是筛选过的,因为进入卢浮宫的经典作品必须符合三个条件:1820年以前出生的画家;作品以表现宗教内容为主,以人为主;人体作品眼睛不能朝向观众。

因为卢浮宫太大太丰富,来多少遍也品味不尽,永远都会留下遗憾。

马德里的灵魂——普拉多美术馆

从巴黎乘上大巴,下午启程,第二天一早便到达马德里。在晚霞里看西班牙的红土地,便想起《卡门》,想起塞万提斯的《唐·吉诃德》,想起毕加索和达利,想起马德里人狂热的爱恋和他们喜爱的运动——斗牛,动作剽悍强劲的西班牙舞正是他们民族的写照。乃至看了位于马德里市中心的普拉多美术馆才知道这个民族是那样的久远、丰富和细腻。哥伦布发现新大陆后,西班牙努力扩张到遥远的大西洋对岸,美洲大陆不久便置于它的统治之下,由于贸易的迅速发展,很快地富甲欧洲,连英国、法国也不能望其项背。绯力四世酷爱美术并深受委拉斯贵兹的影响,他最初提出了兴建美术馆的想法,经过长达3个世纪11位西班牙皇帝的努力,其间经历了包括1734年皇宫火灾的损失(当时的收藏已达到5539件)和王位继承引发的战争及抵抗拿破仑入侵的战争，普拉多美术馆终于在1819年11月9日建成并开放。

普拉多美术馆建筑物的本身就是西班牙新古典主义的一件瑰宝。从任何一个角度看它，圆线、弧线与直线的构成切割都那样和谐，视觉效果是第一流的，而各室的面积，墙壁的高度，门厅和走廊的设计都非常周密。当然，它不及卢浮宫大，也不及卢浮宫和其他几家大博物馆来得华丽，但它庄重的艺术气氛和高品位的收藏却使它成为南部欧洲最重要的博物馆，以至于使我想起美丽的马德里时，首先就想起了它。

说到博物馆的实力，我们经常说该馆有多少"镇馆之宝"，而普拉多的家珍是惊人的，欧洲所有画派的精品，这里均有系列收藏，其中不但有以提香为中心的威尼斯派的代表作，鲁本斯登峰造极时的作品，委拉斯贵兹和里贝拉直逼现实的件件力作，还有帕提尼、埃尔·葛雷柯和戈雅等大师的杰作。尤其是戈雅，站在他的面前，你不得不惊异于天才和常人的差异。如果说埃尔·葛雷柯从意大利来到马德里之后结束了中世纪以前的西班牙绘画，如果说委拉斯贵兹以成熟奔放的技法完成了纯粹的西班牙风格的绘画，那么戈雅则是以自己的天才让西班牙绘画放射出奇异光辉的人。戈雅虽然是宫廷画家，但没被异化，强烈的个性让他选择了脱离优越环境走上一条孤寂的路，为抒发其天性而独行其道，有时甚至被世俗认为有杀人的嫌疑而逃跑，有时因藏匿于修女院中而倍遭非议，他的怪异俨然是上帝造出的一个独行侠。他的作品远远超出常人的境界，含有幻想的成分。他淋漓入微地描画战乱的残忍、人类的邪恶，同时他又画出了最美的人体。站在《裸体的玛哈》和《穿衣的玛哈》前，谁都会被深深地打动。这是对女性生命的颂歌，这不是抽象美，也不是理想美，而是画家对美的现实的狂热参与，是画家美丽心灵和高超技巧的结合，皮肤下涌动着青春和生命的激流，模特儿随时会坐起来。虽然在此之前，提香和卡拉瓦乔都画过这一题材，但戈雅却画出了惊人的新意。他使模特儿变成艺术家感性与幻想的结合物，这个描画倾向，深深地影响着后来的法国画家。而《1808年5月2日》这幅画堪称绘画史上的绝唱。画面上马德里的老百姓在攻打拿破仑的雇佣军，双方殊死决斗，他的情感完全倾注在自己同胞的英勇反抗上，留下了绘画史上最感人的画面。接下来的一幅是《1808年5月3日》，法军开始报复，滥杀无辜，有三个人倒在血泊里，黑暗与阴影包围着残忍的死刑场面，白衬衫的青年高举双手试图挣扎着抵抗，其他人或已中弹，或流露着愤怒和绝望，戈雅对人类的野蛮也有犀利而独到的观察，把长达数千年的人类暴力与死亡的瞬间表现得极为生动和严肃，我觉得可以与《荷马史诗》相媲美。

　　和所有的博物馆一样，普拉多美术馆也有很多临摹名画的人。一个年轻人正临摹着里贝拉的一幅画，临摹的技巧不错，油用的很少，都是用土红色在画布上打底，这也是西班牙画派的一个特征。如果不是时间的原因，我真想支起画架，在这里静静地临上一张画，那该是多么幸福。我年轻的时候，有的是时间，但只能从粗劣的印刷品上见识鲁本斯、委拉斯贵兹，用铅笔去临油画印刷品，留下一张素描就很欣慰了。那时仅有时间，没有见识、没有钱，到有了条件的今天，又没有时间了。看着那个幸福的年轻人正在临摹那只微妙的手，我心头掠过一丝茫然若失的惆怅。

　　只能这样走马观花地看，边看边想。一天之内无法尽览，普拉多的油画藏品数万件，此外尚有3万件版画与素描、家具、陶器、壁挂、纺织工艺品、货币、纪念章、餐饮具、宝石、黄金饰品和中国的景泰蓝和青花瓷等，这些收藏都闻名全欧洲。

　　走出普拉多美术馆，看到马德里的市容和其他欧洲城市不同，很多店面以大块的朱红、黑色作为主色调去装饰，与湛蓝得发黑的天空和强烈的地中海阳光形成了西班牙自然生态，这里的人个子不高，棕色的皮肤和黑色的卷发与北欧拉开了很大距离。斗牛的传统是西班牙文化生态的重要组成部分，博物馆里表现牛和斗牛的作品不少。不过今天的西班牙斗牛，我一点儿也不喜欢，那是几个人在轮翻地折磨牛，然后把牛杀掉，如果戈雅还活着，大概不会喜欢今天的斗牛方式了，因为他讨厌屠杀。

阿姆斯特丹美术馆小记

荷兰，历史上曾称为尼德兰。"尼德兰"是低地的意思，荷兰是个低于海平面的国家，雄伟的围海大坝是荷兰人建造的奇迹。从14世纪到17世纪，荷兰和西班牙一样，是靠航海发展起来的强国，那时的英国和法国也难望其项背。借助阿姆斯特丹和鹿特丹的港口位置，荷兰成为海上贸易的大国，美术的兴盛也从17世纪开始。

阿姆斯特丹国立美术馆是世界著名美术馆之一。它创立于1885年，是在历代王公巨卿收藏陈列的基础上扩建而成的国家美术馆。它拥有161个展厅，一、二楼为陈列大厅。该馆的特色在于收集荷兰各个历史时期和荷兰历史上几乎所有美术家的作品，被称为荷兰美术的集大成者。17世纪，荷兰画家已注意取材于市民生活，努力贴近普通人包括农夫的生活。此外，还以荷兰特有的低地风景为题材，使风景画成为欧洲绘画史上走向独立的画种。小市民的生活情景譬如厨房的一角，散散落落

在荷兰阿姆斯特丹读梵高

在莫奈故居的百花园

的菜蔬、器皿、鱼虾乃至餐桌上的一切都成为绘画的主题,主妇打扫房间、倒奶、烧水、弹奏乐器经常被这一时期的画家表现出来,形成了生活趣味浓郁的荷兰古典油画,在近代史上产生了重要影响。

荷兰民族与其他欧洲民族比,有非常精细周详的特点,他们具有很细致的观察力和擅长于精密工艺的才能,这从他们的工艺品便可以看出来。这一特点也形成了荷兰绘画的基础,对生活观察的精微、对质感把握的到位在中世纪末就表现出来。荷兰和意大利绘画成为后来为欧洲艺术主流的法国绘画的源泉。

我有幸站在维米尔的画前,仔细欣赏他的《倒牛奶的农夫》,又叫《烧饭女佣》。这是我青年时代就醉心的一幅画,我曾研究过墙上的那枚钉子和斑驳的钉孔,惊异画家技法的高妙。受光的篮子、罐子、面包和牛奶惊人的逼真,农妇的衣服裙裾、粗布头巾的质感都是天才的手笔。我年轻时代接触到的都是不高明的印刷品,但是,哪怕最粗劣的印刷品也让人过目难忘。现在,我站在原作面前,知道这是1658年左右的作品,作者1675年去世,离开我们已经300多年了,我们还在为这幅作品惊叹。这幅画很小,只有45×41厘米。过去没想到会这么小,真是微观世界的大手笔。看来好画真的不在大。另一幅让我震惊的作品是伦勃朗的《夜巡》。这是一幅359×438厘米的巨幅作品,虽经历了360余年,但像是刚刚完成,油彩的新鲜感似乎都没有干透,真不知他们是怎么保存的,鬼斧神工的创作再加上鬼斧神工的保存方法,这就是人类文化史的奇迹。画面是弗兰斯·柯克队长带

在西班牙的街头,把鞋里进的沙子倒出来

在马德里为一个慈善活动捐款(1996年5月)

与爱尔米塔什博物馆东方部主任的合影(1989年)

着他的警备队行将出巡的一个瞬间。画面上露出形象的是21个人,左右两边显然被切掉,据说左边被截掉1米,而右边被截掉30厘米,这样做是为了适应阿姆斯特丹旧市政厅的展墙面积。看完这幅画距今已经8年了,但写到这里仍然清晰地回想起独占一室的《夜巡》的魅力。这幅画连同伦勃朗的另外21件油画,成为该馆的重要特征。

该馆的另一个特色是收藏的瓷器。荷兰是欧洲最著名的瓷器生产国,一双青花瓷的靴子或者一对接吻的青花瓷小人,差不多是每个来荷兰的游客必买的纪念品。但只有在这个博物馆你才会真正地了解荷兰的瓷器,特别别具韵味儿的蓝釉瓷。我在这里看到了我国明代的青花,不知对这一国家有没有影响,据我推测,肯定是有影响的。但荷兰产品仍具有独特的民族风味,这真是个善于学习的民族。

参观爱尔米塔什博物馆

接到彼阿特洛夫斯基院士逝世的消息,我很伤心。他是世界著名的博物馆学家、历史学家和社会学家,他是个严谨而又严厉的学者,同时又是个和气的老头儿,我忘不了他一边陪我们喝咖啡,一边拿出有着刘少奇、杨尚昆、陆定一、郭沫若签名的留言簿让我们留言。他捋着他的白胡子向我们炫耀着他领导的爱尔米塔什博物馆。他的形象和爱尔米塔什一起印在了我的记忆里。

在圣彼得堡的涅瓦河畔，有一座闻名于世的宫殿——冬宫，这就是世界上最大的博物馆之———爱尔米塔什博物馆的所在地。这座圣殿建成于18世纪60年代，堪称为俄罗斯人的骄傲。首先它的外观与环境和谐统一，在波光粼粼的水面上，米黄色的大厦本身就是一件艺术品，更何况圣彼得堡的天空老是蓝瓦瓦的，天光、水光映衬得大厦富丽堂皇。内部以金浮雕和白大理石构成基本色调，耀目的灯具和亮闪闪的地面给人以崭新的感觉，这的确是目前世界上保存最好的巴洛克风格建筑。"爱尔米塔什"意即没有外人的餐厅。沙皇在二楼吃饭时可以与人商量秘密的事情，一切食品用升降机送入二楼，由主人自取。

馆长彼阿特洛夫斯基院士不厌其烦地向我们介绍。他说，要把该馆的270万件文物一一展出，看一遍需要20年时间，所以，你们只能走马观花了。就这样，我们走马观花地参观了五天，由于合作出版的原因，我们得到了可以进库房参观的最优厚的待遇，对于我来说，这是终生难忘的五天。

爱尔米塔什的展品以年代为序，以文化史的形式展出。藏品主要分三部分：第一部分是古代希腊和罗马的文物，有石雕、木雕和青铜器等等；第二部分是东欧和整个儿西伯利亚的考古成果，包括当时的苏联和国外东方各民族的文物，其中有我国敦煌和哈拉浩特（西夏时代）的文物；第三部分，也是最大的一部分，是西欧及俄罗斯的艺术品，仅俄罗斯绘画就足以成为一个独立而充实的博物馆，而这里收藏的18、19世纪及本世纪初的法国绘画几乎囊括了所有大师的作品，其中，卢梭、柯罗、米勒、雷诺阿、德加、马奈、莫奈、毕沙罗、罗丹、马蒂斯、毕加索、米罗、蒙特里安等大师的许多精品闪着令人炫目的光彩，我国读者从印刷品上见到的许多杰作就在这里藏着。爱尔米塔什能有这些一流的藏品，应归功于两位俄国收藏

域外写生两幅

家——谢尔盖·希什金和依万·莫罗佐夫。上世纪初，他们长住巴黎，凭着卓越的艺术鉴赏力和超人的胆识，收购了一大批当时有争议的艺术品，其中就有当时还十分年轻，不为人重视的毕加索和马蒂斯的画，当我们面对着展示在面前的60余件马蒂斯的作品惊叹时不能不叹服收藏家的眼力。艺术没有国界，艺术更属于历史，收藏家应当有超前眼光。谢尔盖两人把这些作品全部献给了国家。

这里收藏着350件敦煌艺术品及2000多件敦煌的照片资料。精美的佛像雕塑陈列在大厅里，整个大厅都明亮起来。和西方艺术相比，东方艺术厅令观众驻足的时间似乎更久。秦汉的竹简瓦当，唐宋的帛画雕塑，元明的青花瓷，明清的文人画、书法卷轴，让我们既陶醉于中华民族展示给世界的辉煌，也为这些展品的流失异国而扼腕。客气热情的保管部主任破例地让我们看了一回彩色木版画插图的《红楼梦》，这可能是目前世界上仅存的一部善本了。"仅存"在这所博物馆还有不少，例如我国最早的一幅木版年画，五代和北宋之间的《四美图》，就陈列在这里，而西夏的大批文书资料都集中在这家博物馆。哈拉浩特11世纪属我国的西夏王朝。1907年，在原西夏黑水城故址出土了3000余件艺术品，其中绘画作品300余件，多系帛画，画在绢上，题材多是佛教的佛像、经变故事及供养人像，风格完全系唐宋之风，面部造型敷色系周昉、张萱遗风，而用线全是吴道子风貌，"吴带当风"在每幅作品上都有印证，丰满的造型、精细的线描体现着地地道道的中国情趣与华夏精神。这批作品本应陈列在故宫博物院，但被沙皇俄国的探险队发掘，运回本土，不能不说是一件令人痛心的事情。遗憾的是大多数中国人对西夏的艺术史都很陌生。西夏王朝存在的201年，它的形象资料已经不多，爱尔米塔什博物馆几乎囊括了西夏艺术的精髓，使它成为有别于西方博物馆的一大特色。我们的历史学家和美术史家有责任把这段历史告诉后人。20世纪90年代下半期，这批西夏文献终于被我国一家大出版社悉数出版了。

达·芬奇的两幅圣母和拉斐尔、米开朗基罗、提香的作品令我们这些没到过佛罗伦萨的人大饱眼福。伦勃朗、委拉斯贵兹、戈雅、德拉克洛瓦的作品在这里都按编年顺序陈列于大厅，质地华贵、造型考究的镜框和恰到好处的光线使作品至今保持着魅力。埃及雕塑和古希腊的瓶画展示着地中海两岸迥然不同的风情，而从中国的新疆到土耳其的君士坦丁堡，这中间广袤大地上的伊斯兰文化遗留下的许多文物珍品都静静地躺在这里。爱尔米塔什最终以它丰富多彩的东方情调形成了自己的风格，与法国卢浮宫和意大利的佛罗伦萨博物馆成为并列于世的三大博物馆。

在库房里，保管部的主人拎着一大长串钥匙，为我们打开了一个又一个房间，打开了一只又一只箱子，几乎向我们袒露了整个儿前苏联200多个民族的民间艺术品，这其中有泥塑、木雕、铜器造型、玩具、扎花、织毯、纺织挡板……十分丰富，是有别于中国民间艺术的又一个民间艺术的海洋，我们在这"海洋"里乐而忘返地徜徉了好几天，选编了一本精彩的《苏联民间艺术》画册。这本书一直受到中国读者的欢迎。

爱尔米塔什博物馆还经常举办世界各地艺术精品的巡回展。我们正赶上法国蓬皮杜艺术中心的现代艺术展。和庄重而严谨的传统艺术相比，蓬皮杜中心的藏品显然是一派荒诞的情调，但我发现人们都很认真地去看、去琢磨，那眼光不是轻蔑和简单地否定，而是严肃地探究、审视和思考，任何艺术品都是历史的产物，艺术往往是历史的一面镜子，能包容各种艺术情调的民族大约体现着一种胸襟和受教育的程度吧！

数千平方米的展厅里接待着来自世界各地的参观者，不同民族、不同肤色的人们在这里静静地寻找人类逝去的岁月。老师带着学生，母亲带着孩子，数以千万计的参观者不留下任何声响，耳语也仅限于对方听见，墙壁永远是雪白的，地面永远是光鉴照人的，工作人员又总是那样的忙碌、热情和负责任。我们是怀着恋恋不舍的心绪脱下那种特制的供参观者穿的大毡鞋的，是以流连忘返的心情钻进汽车里的。

人生况味

不应该忘的老房子

珍爱生命——关于老照片

北总布胡同32号

求师

不应该忘的老房子

一片林立的楼宇中夹着几幢破旧的老房子，像一首乐曲中的不和谐音符。老房子连同它代表的时代迟早会彻底离开我们。也许它的消失使城市和村镇展示出更浓的现代气息，但也必然带来缺憾——每个在老房子里住过的人，都少了一种说不清道不明的东西，而且十分地失落。

在那一幢幢的老房子中不知完成了多少辉煌或黯淡、平常或奇崛的生命历程。那是一部又一部的创业史。老房子的主人们或者闻达于一方，或者蛰伏于一隅，他们出走的原因可能是去读书、去经商、去从军、去为官，去做他们感兴趣的事，也可能是家庭的不快、宗族的争斗、生活的别样坎坷，不管怎样离开，他们肯定都有一种深深的依恋。老房子，作为故土的象征，像绵长的梦，跟着离家的游子，会一直跟到天边。每一个人都有过关于自己儿时生存空间的记忆，都有过断断续续的老房子的梦，于是老房子便成了千千万万人对童年、少年或青年时代生活记忆的符号，看到它，就会想起父母亲人，更迭的世事，数不清的欢乐和忧愁，于是，老房子就成了引发记忆的线头，可以一直抽下去，抽得很远。

人类营造房子的同时，房子就开始造人了，学会了语言的儿童第一个画的对象是"人"，第二个要画的对象便是"房子"或"家"了。在中国小孩子的心目中，房子是有着"人"字型屋顶，有门、有窗的单层建筑，正面墙呈矩形，门窗也开在正面的墙上，结构呈左右对称，周围环境开阔，有的还画上花草和太阳。这便是中华民族对房子的最基本认识，这个认识已牢固地延续了四五千年。如果我们再回过头来想想我们常用的一些汉语词汇："脊梁"、"门面"、"基础"、"顶好"、"正中"、"宽广"、"高大"等等，它们大多源于中华建筑的基本要求与法则。

山西的老院子。世纪初的一天

在《老房子·古风无价》图片展上讲话，右一为美国副总统(后任国务卿)黑格将军

"房子"对我们的影响其实并不亚于我们对它的创造。早在甲骨文中，已有十多个关于各种建筑名称的文字。到了汉代，以象征屋顶的宝盖"宀"作部首的字已达一百八十三个，加上"厂"、"户"这些有建筑意义的部首的字，总数竟在三百个以上，这些文字后来成为与审美标准及道德规范有密切关系的词，如富、实、安、定、空、窦、窖、窒、塞、密等等。可见，中国人的许多观念是与老房子有关的。

老房子是民间艺术。后来的宫廷建筑陈陈相因，和最初形态的老房子比少了许多美感。老房子的美学格调丝毫也不比那些罗马式的、哥特式的、奥斯曼式的、现代主义及后现代主义的林林总总的欧洲建筑逊色。它的门楼、厅堂、过道、庭院、廊柱、雕刻及各种细小的装饰展示出了东方人的聪明，那是中国人特有的能耐。它的格局诠释着中国人对生命的理解——正直、中和、圆融、稳定。

现在，老房子越来越少了，倒是什么"民族风情园"或"微缩景观"越来越多，这些不伦不类的东西眼看就要代替老房子了。当一个民族只能回忆自己过去和感叹现在时它便真正老去了，倘若它连老房子也失去而又不会死去时，它便只能沿街乞讨和永远地流浪了。

于是，我才怀着极大的热情关注着我们出版的《老房子》，以告诉后人，真正的老房子是不应该忘的。

列画册《老房子》序言1998.1
《雨花》"程大利散文专辑"

珍爱生命
——关于老照片

1996摄于山西五台山

  我爱看老照片,这倒不是什么怀旧情节。老照片满足我的好奇,给我一些不曾知道的知识并让我感受到一种曾流淌过的人味。老照片的确关照着我们的现在和未来,让我们去想,怎样才能活得更好些。老照片很有魅力。一本黑白的《良友》画报可以翻看半天一天,还可以反复看,翻看它的感觉一点也不亚于读一本好书。《良友》里的东西件件是古董,处处是亦城亦乡的样式,包括摩登仕女。在北京潘家园的古董市场,我蹲在小山似的旧照片堆前,搞得灰头灰脸,仿佛又感受了一次经历过的滚滚红尘。我们创造过许多美好,也制造过许多罪恶和荒唐。有悲壮,有痛苦,也有滑稽、可笑,但更多的是无奈,因为一切都过去了。在维也纳施特劳斯公园的旧书摊上,在多伦多的跳蚤市场,在塞纳河边的古书摊前,我一蹲就是小半天,翻捡那一幅幅老照片,发现西方人和东方人原来是一样的,比如,都以权贵为荣耀，以时髦为时尚；站在正儿八经的合影中间的那位总是位高或权重的人。人类还有健忘的毛病。比如，纳粹投降的照片还在，地球上某些地方的排外情绪又嚣张起来。战争带来灾难，可人们还要重复它，这些照片甚至都还没有来得及发黄。

我常想，照片是历史的镜子，是不厌多的。假如今天能看到庄子和孔丘的照片该有多好，荆轲在秦廷献图的瞬间是应该有幅新闻照片的。可惜，人类到上个世纪的中叶才发明了照相术。照相术的发明是历史的必然，就是给人类留一面镜子用的。照相机为一百多年的历史定了格，于是历史有了可视性，我们便可以坐下来，端着茶一幅一幅地琢磨。每幅照片都提供着说不完的信息和意蕴，许多照片留下了谜团，包括虚伪的信息，但总可以解读诠释逐步破解，因为形象实在而具体。

我从这些黑白照片里，看着我们先人度过的日子，他们生活在我们上一代，上两代甚至还要早些。他们的神情或者从容，或者索然，或者痛苦沉重，或者欢乐轻松，或者是平凡中的深厚，或者是伟大中的浅薄。每幅照片记录着人们创造的美好或制造的不美好，留下甚多的谜。每幅照片都有故事，故事的背后可能还有故事，但每幅照片也只能是一个侧面、一个片断，不会是生命的全部。那个年轻母亲和怀中的女儿一起微笑，笑得多有感染力，读照片的人都受到感动，但这笑容能伴她们多久呢？执球拍和拉琴的少女一脸的天真灿烂，而等待她们的会是什么呢？她们老了将是什么模样？这本画册不回答这类问题，因为这类问题回答起来没完没了。编者只是想从服装时尚、民俗风光、社会百业的角度给读者提供一些人们曾经有过的

向启功先生请教（1993年）

拉萨的黄昏（1996年）

1996年6月摄于上海

生活图景。人们曾怎样穿衣服，有过怎样的生存空间和做着怎样的事情，读者尽可以作些"一叶知秋"的联想。

生生不息、循环往复是人类史的现象，在螺旋式上升和否定之否定中，人类一天天走向成熟，但有些规律却难以更替。生命的过程常常是欣喜和伤感同样的多，热情和消解同样的多，数不尽的快乐，道不完的忧伤，真是"欲说还休"。生命和生存的烦恼和恐惧会时不时地搅扰我们的心灵，无奈真是永恒的吗？这时候，最好来看看老照片，慢慢地看，慢慢地想，大概会有许多启示性的收获的。这些照片会使我们平心静气或者坚强起来。一切都将过去，但我们还得面对这个世界好好地活。

生命聚集在一起，它的形式就是一条生生不息的河，从远古到现在，从现在到未来，这条河不断地流，生命于是呈现出一种永远的趋势，延续下去的新生命也便有了不会动摇的希望。

老照片记录着这条长河的一个片断，它让我们珍爱时间，珍爱生命。总有一些东西是不能放弃的，是生要带来，死要带去的，这便是一种至善的情感。善是为了美，人类对美的追求从未停止过，这种感情和感觉便成了人类的传脉。

画册《老照片》序言
《雨花》1998.1 "程大利散文专辑"

与友人在画室，立者为周节文老师、蒋志鑫画友（2005年）

骑马四十五公里直达四姑娘山(2005年摄于四川)

北总布胡同32号
——写给人民美术出版社55岁的生日

2000年左右，在人美社的办公室

古都北京的建国门内，有个北总布胡同。北总布胡同32号是个老院子，这里曾是北平国立艺专的旧址，黄包车夫拉着齐白石到这儿停下，徐悲鸿校长上前迎接，老人拄杖到教室里讲课。后来是新中国的出版总署机关，胡愈之、叶圣陶每日来此上班。再后来成为人民美术出版社的社址，直至今日。

这是个足以令人停脚吟味的地方，当然不是因为建筑，也不是因为财产，而是因为对一个时代产生过的精神影响，是因为一长串故去的编辑家和艺术家的名字，他们是——萨空了、朱丹、邵宇、古元、邹雅、沃渣、曹辛之、徐燕孙、王叔晖、刘继卣、任率英、卢光照、林锴等等。

春天，这个院子里的玉兰绽放出雪样的花朵，藤萝慢慢变得枝叶繁密，聚成浓荫；秋天，柿子熟了，被鸦雀往返啄食，阳光下，一树红灯笼逐渐稀疏隐去；雪松虽已不再年轻，却是四季如一的苍翠，周总理手书的"人民美术出版社"七个字端庄蕴藉又不乏情感。于是，这个院子像有了浓浓的气场：像被点化了，空气中弥漫的是书卷的气息。自1951年起，之后的半个多世纪，这里成了当代美术史的见证人。成为中国美术出版的重镇，成为万千画家和美术爱好者们经常谈起的地方。

40年前，我在农村的油灯下曾读过人美版的《给初学画者的信》，正是这本书使我走上了绘画的征程，在艺术中找到了快乐和归宿。于是，到人民美术出版社看一看成为我的愿望。后来，好运使我成为这个出版社的工作人员，我对该书的编辑心存敬意。1989年，在莫斯科的索比诺夫胡同11号，我见到这本书的俄文版责编尼科诺娃，感慨的心情更是难以言喻。

一本书可以改变一个人的命运，一个出版社更联系着千千万万人的命运，而一个有55年历史的名社自然就有了更大的影响。在当代美术家中有谁没读过人美出版的书呢？半个世纪以来，哪个家庭没挂过人美出版的领袖像呢？谁能说得清，数亿幅的年画、连环画、宣传画滋润了多少读者的心，而几十年来出版的儿童书刊又给一代代人留下多少记忆。每年数亿册的中小学美术教材哺育过一代又一代新中国公民，人美出版社的书在欧美、东南亚，甚至在世界的许多角落都闪烁过光彩，点燃过人们心头的艺术之灯。

海德格尔说："艺术的本性是诗。"艺术，这个高尚的东西是人类永恒的需求，是人们精神生活的标志，是"衣食足"，甚至是"知荣辱"以后的追求。所以，艺术出版是很神圣的事情，从事艺术出版的人是有责任的。老一代的人美同仁是讲文化理想和出书品格的，那是站在时代的制高点上，以挑剔的眼光选择足以代表我们民族与世界对话的艺术产品，用理想和品位铸成一串

浏览工作日程安排

处理稿件的瞬间

长长的书目,比如《中国美术全集》,比如《中国历代绘画——故宫博物院藏画集》,比如《中国古代木刻画选集》,比如《中国美术论著丛刊》……这些熔铸着心血和智慧的成果形成了品牌,证明着55年的价值。

当然,并不是所有的艺术读物都需要深刻的内涵和美学意义,艺术需要永远是立体的、多层面的。时尚,往往是高雅的东西逐渐被认可和接纳后形成的,但真正的高雅往往又是孤独的,它不务实,甚至是保留着浪漫的艺术家的色彩,那是一种本色,但它最终会引领时尚。人美就有这个味道。有专家说,人美的风格正像周恩来总理题写的社牌书法的风格,沉稳内向而又风流蕴藉,从不张扬,又充满自信。始终把弘扬民族文化,介绍世界优秀艺术作为神圣职责,两个效益的先后位置摆得很清楚,后一代的编辑懂得珍视人美这块牌子,像爱护自己的眼睛,他们以在这里工作而自豪。"我选择了人美,人美也选择了我",几代人不断地擦拭这块社牌,使她光彩永驻。

人美为时代立传,团结着一代又一代的艺术家。如果说人美是座桥梁,这座桥的一头连着千千万万的读者,另一头连着艺术家,这两端都是人美员工的衣食父母。当代优秀的美术家们是人美忠实的朋友,人美又让艺术家的理想和追求有了坚实的依托。我手中有一份长长的作者名单,新中国成立以来一代代优秀美术家册上有名,他们是半个多世纪以来中国美术事业的基石,同时又标志着这个时代艺术的高度。

人美不但是人美员工的家,也是当代美术家的家。

北总布胡同32号永远是温馨的。

求师

儿时,喜涂鸦,与天下孩子无异。只是有时过分,墙上、地上、桌上、凳上到处画。一次考算术,对着一道应用题发呆。那个问号渐渐变成一只耳朵,连上脑袋后又接上了另一只耳朵,再画眼、鼻、嘴,添上眉后似在发愁。老师在背后站了很久,我竟全然不觉,所幸他微笑离开。

父亲徐州师范学校的同事中有几位先贤名宿。约四岁时,父亲让我听许芳洲先生弹钢琴。许老伯伯西装革履,金丝眼镜,快乐地弹奏着。我问他:"为什么会响?"他答:"有小人儿在里头唱歌。""现在是一个人在唱",他用一只手在高音部位轻点键盘。"现在一群人唱了",他用十个手指舞动起来,轰然作响。他上厕所时,我遍寻小人无着。

有时，父亲让我看王明泉先生画画。王叔叔和父亲同庚，与演员赵丹是上海美专时的同学。他抱我站到椅子上看他画画。他用笔调出紫色在宣纸上画了一个又一个圆圈，水和色溷到一起变成了圆球，又在每个球上点一个黑点，空隙处用笔连成短枝……一串葡萄出来了，连上叶蔓枝干活了起来。

王叔叔还画丝瓜、紫藤、小鸡、金鱼。他送我父亲的画文革时失了踪影。他的画案和笔墨成了我童年最深的记忆。

十二岁读中学。美术老师李雪鸿先生（他也教过喻继高和张立辰）常常拿出自己的画给我们看。我觉得好看，又说不出好在哪里。倒是他花白的长发和黑棉袍大围巾引起我极浓的兴趣，分明就是电影里的施洋大律师。他讲课时手指头下意识地依次弹着。原来，他琵琶弹得非常好。可惜，我被学校体操队选去了，后来送到业余体校，每天下午翻跟斗，不能像喻继高、张立辰那样参加学校的美术组。李老师的音容笑貌给我感染力很大，虽然后来的政治运动让他去打扫厕所，但觉得艺术神圣，是从李老师讲课后开始的。

我与美术院校无缘，也没拜过老师。但细想之下，几十年来老师着实不少。

高中毕业之后的1964年，我到沛县张寨插队。大饥荒过去不久，正是按阶级出身论人好坏的年月。满目的贫穷和苍凉中，我遇到了建国初在中央美院读过书的周节文，他被错划成右派下放原籍劳动。残酷的经历和野蛮的环境居然丝毫没摧毁他的文雅。我称他"节文哥"，但又尊他为师。我大量的素描和油画习作常得到他的指点。他送我画板和画笔，给我看他的笔记，让我读苏里柯夫和列宾，让我读《给初学画者的信》（记得是俄译本），然后一起

2007年带学生在太行写生

讨论。实在说，绘画技法之外，节文哥给我更多的是生活信念和人生态度。

也是在1964年，我与沛县图书馆结缘。在这里读到亚里士多德和叔本华，也读到老庄和《文心雕龙》等，尤其读了多遍《中国画论类编》后，俞剑华成了未谋面的老师。以至于我摘下门板，趴在地上临摹永乐宫壁画和《八十七神仙卷》。沛县图书馆七八年间一直是位不说话的老师，让我终身受益。

文革期间，我认识了罗尔纯先生。每次他到徐州，他岳父赵宗基先生都会让我过去听罗老师讲，看罗老师画。我坐在他身边看他给王为楷老师画像。略显苍白的皮肤下是有弹性的血管，鼻尖偏暖，眉梢偏冷，精准的造型不仅仅靠素描功夫更靠着微妙的色彩变化。他话不多，我至今记住一句——"看准了再下笔，在比较中找准关系。"

也是文革期间，认识了亚明老师，他被下放到桥头五七干校劳动。我与他通信，至今还保存有十余封来信。他每在信中论画，如"形是手段，神是目的，画人要画活"，"亮不是白，暗不是黑"云云。我看完电影《卖花姑娘》，忆写画面五十余幅，类似连环画，主要想练习构图和动态记忆。寄给亚师，他大加赞赏，回信说："我要教育身边的年轻人，他们太懒"。一次到他家里看他画画，他一边慢慢用笔，一边吭哧吭哧喘气，对我说："运力，笔就能沉"。门铃响，一位青年拿一叠写生求见，亚老停下笔，一页页看他的画，看到一半问："你这是写生还是写死？"此情此景如在目前。

后来，我认识了高马得、陈汝勤夫妇，并有幸和陈汝勤老师在一起工作，当面聆听他的教诲有好多年。再后来，在编辑工作中认识了更多的前辈，如钱松嵒、陈大羽、杨建侯、刘如醴、林散之、刘海粟等。

我现在挂墙上的"学无止境"四字是林老手迹，至今记得他写此四字时，行笔很慢，笔在纸上沙沙有声。平息静气，从容运腕，全然像一尊静穆的罗汉。

而每当我看到与刘海粟老人的合影，就会想到金陵饭店28层楼上的冬日阳光。那年他91岁，滔滔不绝地给我谈了三个小时。我总怕他累，但又无法打断他。他上海口音苍老又厚重，没有抑扬顿挫。我大约能听懂八成。几次说到法国人如何称他为大师，我有些茫然。但他说的："用笔要老辣，要像金刚杵，必须练《散氏盘》，我年轻时下过《散氏盘》的功夫……"我一直记到今天。

砚边谈艺

中国画十论（画余随想）

关于中国画艺术的随想

谈中国画家的生命状态

中国画的本质、特性、境界和欣赏

静、淡、慢
　　——由"逸"说开去

学习黄宾虹，向传统深处开掘
　　——与马汉跃先生的对话

当以笔墨写高怀
　　——与吴悦石先生的对话

关于"中国画复兴"的思考
　　——与龙瑞先生关于中国画的对话

中国画十论（画余随想）

一

中国传统绘画深受中国古典哲学的影响和陶融。刘勰云："人文之始，肇自太极。"（见《文心雕龙》）由此而出发的中国画与其他民族的艺术拉开了距离。它的不重写实的"心象"观，强调人格品操的中正观和以书法入画的笔墨观都与西方造型艺术不尽相同。它虽不长于以宏大叙事的方式直接参与社会变革，但仍表达着真切的生活感受和深刻的人生意义，它"内修心而外益事"。"抒胸臆而振斯文"，通过养心修身和知世悟道完成"成教化、助人伦"的社会功能，归于至善，"渡己"也"渡人"。

讲究"人"、"文"双修的传统中国画之所以不易于普及，是因为它对欣赏者有文化要求。"文"是进入中国画创作和欣赏的门槛。因"文"而"共成化育"，不是简学的"表现"、"再现"问题，是"体道艺之合，究圣哲之蕴"，画画是为了修为，修成君子。中国画的最高指归是"内美"，屈原有云："纷吾既有此内美兮，又重之以修能"。"内美修能"就是为人格塑造。在中国画里，热烈不是宣泄，冷静不是冷漠，最忌高远失中、偏激不平；观通不妨照隅，求末亦是归本。这是中国画的本质特征，它的最大功能是让人静下来、淡下来、最好也慢下来。传统中国画从不表现争斗和血腥，却亲近造化，是自然的歌者。它追求至静至远，调和天人。所以，在中国历史上一个知识分子无论达或穷，书画都是修为的手段。

二

"逸"是宋之后,贯穿中国画精神的一个核心命题、如果仅仅把"逸"看作是"文人画"的产物,这认识是狭隘的。"逸"是笔墨文化成熟的标志。"逸"关乎才情,更关乎修为和境界。历来对"逸"的论述可以概括为六个字:不象——不愿拘泥于物象,"非不能也,实不为也"。实在是不屑于那个"象"。自由——忠实于个人情感。不做,不刻,不雕,不期然而然地流露出来,如是做出来的也可能达到了"妙"和"能",在流和做之间也能达到"神",但"逸"必然是流出来的。出尘——与"意识形态"无关,不为谁服务,不为时风左右,不顾大众需求。当然它又绝然不是与社会对立,它是通过内省而达至善;人们欣赏它得先要提升自己,修养到一定的功夫,才能有所解悟。

三

气韵一词,最早见于钟嵘《诗品序》,内有"九品论人,七略裁士"句,"九品论人"是国家选拔人才时分人物为九品(见班固《汉书·古今人表》),选才考试依据为"七略"(指刘向、刘歆所编诸子诗赋的总目)。由此形成了重视品藻人物的社会风气。《世说新语》等书中有很多当时品评人物的记载。气韵一词最初喻人,后用到文章诗赋的品评中,如梁萧子显的《南齐书文学传论》中说:"蕴思含毫,游心内运,放言落纸,气韵天成。"气韵一词成六朝文化的精神所在。南齐谢赫在论人时也用了"气韵"一词,他在《古画品录》中评张墨、荀勖时说到"风范气韵,绝妙参神",我们能由此想象出这两人的气质。在六法中谢赫把"气韵生动"列为第一是时代精神的体现。在人物画发达的当时,人物的气质、韵致、风度、神采,乃至修养、性情均应是"生动"的。后来这个要求推广到对山水画和花鸟画的要求上,成为对画面境界的要求,经过自张彦远以来尤其是元明清以来历代评论家、画家的诠释,气韵生动成为对中国画的至高要求。但后人有气韵生动理解为技术上的墨法者,此大谬也。明唐志契在《绘事发微》中说:"画山水贵乎气韵,气韵者非云烟雾霭也,是天地间之真气。"故理解气韵生动着实须下番研究功夫。前人经验是有韵则生,无韵则死;有韵则雅,无韵则俗;有韵则响,无韵则沉;有韵则远,无韵则局。物色在于点染,意态在于转折,情事在于犹夷,风致在于绰约,语气在于吞吐,体势在于游行,此则韵之所由生矣。气韵者是不修、不做、不雕、不刻意,气韵是"创作"不出来的,是流露、是生发、是无意而为,如行云流水,得之于心,应之于手,自然而然天成之物。气韵与急功近利相悖,与世俗也不相容。所以当下之"创作",不见气韵也就不足为怪了。

汤用彤先生说:汉人朴茂,晋人超脱。又说:汉代相人以筋骨,魏晋识鉴在神明。画家当细细品味之。

四

明清以降,画论多为形而下的阐发,对技法的论述日益精细,成为审美经验和技巧的汇集。而早于此前一千多年的六朝画论则更倾力于艺术思想的阐发。再上溯至先秦,则是对艺术哲学的探究。老子《道德经》中"玄之又玄,众妙之门",道出了中国画的本源在哲学。六朝的刘勰认为"人文之元,肇自太极"(见《文心雕龙》)。太极之说见之《易经》,黄宾虹认为笔墨变化的一切规律均藏于那个太极图中。伏羲画卦见于《易·系》:"仰则观象于天,俯则观法于地,观鸟兽之文与天地之宜,近取诸身,远取诸物,于是始作八卦,以通神明之德,以类万物之情。"俞剑华先生解读这段话是"实借种种思考经验而后逐渐发明以归纳成"的符号,这种符号"为宇宙万物之抽象表现,已具备后世绘画写生之法"(见俞剑华《中国绘画史》)。而对于"道"与"器"的论述,《易·系》明言——形而上者谓之道,形而下者谓之器。中国艺术思想通达天地之道,最神奇的是一部医书中有画学思想。《黄帝内经》有云:"恬淡虚无,真气从之;精神内守,病安从来。"这是画家的最佳状态,有通达天地的恬淡真气,有独与天地精神相往来的境界,就不会被世俗的干扰侵害,画面会有清净感。《老子·十六章》说:"致虚极,守静笃。万物并作,吾以观复。"心灵静寂虚明,才不为外物干扰,从而洞悉造化本质,澄怀观道即为此意。老子接着又说:"静胜躁,寒胜热,清净以为天下正。"这是中国画家的修为。认识到此既已不易,知行合一尤难。清人张式直接要求画家"学画当先修身,身修则心气和平,能应万物;未有心不和平而能书画者"(张式《画谈》)。这样一来,对追求时尚成为时代精神的当代,中国画的本旨已变成遥远而虚无的概念,今人若不潜心思考,所画者与本质意义上的中国画只能愈来愈远了。

五

石涛有句名言:"笔墨当随时代"。这句话造成数百年之误读。笔墨当随造化,山水画的笔墨来自山川,而山水是永恒的,在这种永恒面前,人的所有活动都是短暂的。研究山川宇宙的永恒是人类始终的兴趣。其实这也是石涛的认识,否则何以有"一画"和"搜尽奇峰打草稿"的见解呢?石涛力主"笔墨当随时代",结果笔墨较之弘仁、髡残、八大多了些"人间烟火"气,实际上是多了几分浮躁。他才华过人,留下不少好作品。但许多作品徒见个性,不见山川境界,或者说不见深邃的静寂,也鲜见笔墨的金石高趣,不少作品锋芒外露,处处机锋。石涛"丹青竞胜""笔墨贪奇",在传统画论看来,这都是毛病。为什么在二十世纪大受追捧呢?因为二十世纪的时代精神是革命和批判,同时把西方传入的对个性的张扬作为首要标准,并视为时代精神。所以,石涛上人的缺点便被当成优点,甚至作为典范。今天我们看石涛还是"古之面目",但少了许多简

2005年冬,雪后嘉峪关城楼眺祁连群峰

2007年春,贺兰山下

古平朴之趣。

六

自宋以来,中国画是在诗性的路上发展着。所谓"逸笔草草,不求形似,聊抒胸中逸气耳"。这个"逸"就有诗性。从元至明、清,从吴昌硕至黄宾虹、齐白石,中国画在"文人画"这条路上登峰造极。但二十世纪以来,具体说,齐白石之后,诗与画逐渐疏离。画人国学兴致日减,画文人画的人逐渐离开了"文",注意力放在图形、色彩和其他科学手段上。辜鸿铭在《中国人的精神》中说:"典型的中国人——即真正的中国人正在消亡;取而代之的是一种新的类型的中国人——即进步了的或者说是现代了的中国人。"

辜氏的话有两层意思:"典型的中国人"日趋消亡,幸哉还是不幸?按辜氏一贯主张,真正的中国人消亡是很可悲的。二是"现代了的中国人"如何保留自己民族的典型性,也即如何保留自己的文化身份,这将是绕不过去的话题。

七

如果说西方艺术作品中更多的是对人性的张扬,比较而言,中国画把"人格"看得比欲望和本能更重要。中国古典文化的价值指归是"人格",认为艺术应该为人格的完善服务。张彦远解释"骨法用笔"为"生死刚正谓之骨",文徵明认为"人品不高,用墨无法",历来的画论都把人格因素与技术因素融为一体。可以认为，中国书论和画论都是伦理主义的艺术论，认为"文"是"心"所决定的，而"文"又可以用来养"心"，使"心"至善。人格文化的社会把"修身、齐家、治国"作为最高理想，人格文化的自然观是"天人合一"，相信"人与天地万物为一体"，而且强调"顺天命"。后来冯友兰讲到"天地境界"，也认为天人的一致方可以达到至高的境界，并认为这是中国文化的至高境界。

笔墨之道通达"天地境界"。人力不逮处，即为"天真"——"天"之"真"，努力追求这个境界，不雕不做，朴素自然，感天地之化机，自然天成，这便是笔墨的至高境界。笔墨之境岂止是苦练所得，更是"修为"和"蒙养"的结果，不只是技术之境，更是人生之境。

八

中国画家必须读书，而且要学会读书。

古来学问家都是会读书的人。读书有道，读书可以穷理尽性。把读书和变化气质联系起来，人则会不同。而把读书与体验证悟和涵养功夫联系起来，笔墨会日进。马一浮在《复性书院讲录·读书性》写道："欲读书，先须调心，心气安定，自易领会。若以散心读书，博而寡要，劳而少功，必不能入。以定心读书，事半功倍。"读书在于穷理博文，他进而说："必涵养纯熟，然后气自常定，理自常明。逢缘遇物，行所无事，毫不费力。然其得力处，皆在平日读书穷理工夫不间断，于不知不觉之中，滓秽日去，清虚日来，气质自然清明，义理自然昭著。"又说："读书非徒博文，又以蓄德，然后能尽其大。盖前言往行，古人心得之著见者也。蓄之于己，则自心之德与之相应。"马先生把读书、明理、养心结合，道出了读书的要诀与规律。前人认为，读书多了，笔下俗气会褪，所谓"书卷气"是读书涵养的功夫积累到一定程度的反映。读书不一定马上能用，不必立竿见影，是日积月累的涵养功夫。

画面上的书卷气是读书的结果，而不是苦练所得。

九

六朝的宗炳对赏画和作画的快乐的描述是生动而富深意的。他说:"于是闲居理气,拂觞鸣琴,披图幽对,坐究四荒,不违天励之丛,独应无人之野。峰岫峣嶷,云林森眇,圣贤映于绝代,万趣融其神思,余复何为哉?畅神而已。神之所畅，孰有先焉！"

这里的"闲"字，是笔墨文化的要求。"闲"是解除心累的良方，"闲""散""静""淡"是一种状态，也是一种功夫，在这个状态下才能产生"神思"——思想的自由与深邃。齐白石老人刻了一印，曰"一闲对百忙"，乃彻悟之见。

"山水"相对应于社会，宗炳生于思想自由的六朝，向往山水多少隐含着对世俗生活的疲累与无奈。到了北宋郭熙，直接认为"尘嚣缰锁，此人情所常厌也"。山水画，被历来的士大夫文人看成是离世出尘的方式，以此涤滤身心，求得安静和端详。近百年来，这种出世的倾向被赋予消极的意义。山水画在"入世"上下足了功夫，贵五彩，重形似，与照相机争功，很长一段时间，本质意义上的山水画被"时代精神"异化了。进入山水，大多为"仁""智"所驱，求山水本真，绝非找山水的"时代精神"。山水永恒，抱恒守一。虽然，今天的生存环境与历史上的任何时代都有差异，但对自然的向往是人的本性，与之和谐也将是所有文化的共识，"心源"中的山水永远都是远离尘世的平淡天真。画山就是画我，"我"自何来？来自山川。

十

钱穆先生说，中国思想之伟大处，在其能抱有正反合一观。如言生死、存亡、成败、得失、利害、祸福、是非、曲直，莫不举正反两端合为一体，其大者则如言天地、动静、阴阳、始终，皆是。（见《中国史学略论》）

而中国画的笔墨辩证关系也是反正合一观。如黑白、虚实、浓淡、疏密、攒正……以"实证"的方法，看不出中国画的好和不好来。全部的辩证关系的微妙处理就会画出好画。最重要的是，中国画有"内美"之求，"内美"来自《楚辞》——"给吾既有此内美兮，又重之以修能"内美是中国画最高的境界。宾虹老人说："画中内美，非常人所能见"。看来懂得内美都不是易事。"天下万物生于有，有生于无"（《老子 四十章》），石涛活学了老子思想——"以无法生有法，以有法贯众法"，把所有辩证归一。

关于中国画艺术的随想
(在凤凰岭书院的讲课提纲)

  中国画讲人文修养是有传统的。中国的文人画是修养的外化，知识的记录。

  历代所有文人画家无一不是学问家，王维、苏东坡、董其昌、徐渭、八大、石涛、吴昌硕、黄宾虹、齐白石等都是学问中人。有人立言，留下著作，有人以绘画题咏和画面本身留下学问。

  儒家主张"修身齐家治国平天下"：修是修心、修行、修养，《大学》曰："欲治其国者，先齐其家；欲齐其家者，先修其身；欲修其身者，先正其心。"修养大约先要明白这个问题。

  人文修养中的"人文"二字有历史渊源。在魏晋时代形成人性本真的自觉，取代了神。"魏晋风度"（人的身形、气度、人物品操、行为方式等）重视人的真性情流露，把人从礼教中解放出来。真我凸现，始有魏晋风度。褚衮在人群之中根据对方非凡的气度而一眼认出素不相识的孟嘉。这就是风度的

外化。（见《世说新语识鉴》）

没有个性的解放就没有艺术的发展。本我、真我、放浪形骸的性情表达，对死的藐视和对世俗的疏离，是艺术家本真状态，六朝人活得很本真，崇尚玄谈，常忘乎所以，是人的个性化的第一次觉醒。

书画之道也是做人之道，书画艺术含纳天、地、人之精、气、神，包括着人文意象和人格旨趣。这种具象性与抽象性的统一，正体现出一种精神品格。在儒家的文化视野中，书画之笔墨正可以反映人心、人性的寄托，以此为旨，体现书画家的人格理想。全部艺术辩证法也正是体现出收放有度、张弛有节、不偏不倚的中和之美。这正是中国画艺术的出发点。

张璪讲"外师造化、中得心源"，"心源"就是修养。中国历代画论所有核心的内容都是这八个字。由心源而产生的"心象"，是中国人独有的造型观，这是远离科学的纯情感和纯精神化的造型观点，"心象"在理论上产生后，中国画与西洋画就彻底地分道扬镳了。

艺术的最高境界是清水出芙蓉，天然去雕饰。朴白无华的境界很难达到。行云流水式的道是大道，是常人难以企及的。修养，就是要奔向这个目标。

谢赫《古画品录》谈到六法论，第一条"气韵生动"不是谈画的，而是谈人的。"气韵"是人品修养的结果。气韵不高，画无法高。气韵生动是画面效果，但又是人格记录、精神标志，入了俗套，便比较难办，所谓"俗病难医"。

做编辑30年最大的感受是两个字：选择。画画的奥妙也正在于"选择"二字。人活一世，学习、交友、

做人都有"选择"问题,白石老人说:"有眼应识真伪",就是这个道理。

宋代赵希鹄诗云:"车辙马迹半天下",此说比董其昌所说"读万卷书,行万里路"的理论早500年。艺术学习是要"饱游沃看"的。李可染、石鲁都说到这一条。读万卷书,行万里路能以"学知"弥补"生知"的不足。

宋代郭若虚提出"气韵非师"、"气韵必在生知","固不可以巧密得,更不可以岁月到",要默契神会,不期然而然。纯技巧的东西可以以巧密得,以岁月到。即所谓用功,所谓"渐悟"。但如果刻苦读书,注意修行,把人格修炼放到第一位置,"生知"未到之处是可以慢慢弥补的。人之学养的获得,有"生而知之",也有"学而知之",司马光砸缸是先天生知,不是勤奋刻苦出来的。老僧人抱女过河,心能放下是修炼的结果。我们不能选择"生知",但我们能选择"学知"。能把"生知"和"学知"统一好,终成大器。"生知"是"学知"的基础,"学知"是"生知"发展的最佳手段。顿悟是生知的因素,渐悟是学知的结果。

在中国古代画论、书论中，尽管可以分为骨气论、神采论、自然天趣论、人格象征论、寄性论、学养论、通变论等，但"人格象征论"是核心命题。人格象征在书法和文人画中既可以是形而下的点画技法，也可以是形而上的风神韵格，更是画品与人品（或书品或人品）的内在联系。

气韵是表现在画面上的格调、境界和精神，意境和神采是通过物象表现出来的。格调是用笔墨表现出来的。

"心象"就是解决"气韵生动"的问题。"心象"是中国画的造型规律，"心象"是每个画家的主观色彩的记录。艺术大师从不与照相机争功。

中国画一定是强调笔墨。所谓用笔，吕凤子反复诠释张彦远所说的"生死刚正为之骨"，乃用笔至理名言。

中国画家学北宋是学其气象，学南宋是学其严谨，学两宋主要是学丘壑经营、体味人与自然的关系，而学元人则是学其笔力骨法。以中锋出笔，笔笔送到。黄宾虹尤其强调"笔笔见笔，笔笔是笔"。

绘画作品更看重人心高贵，如此才有可能感人。至于作品是否表现了时代特征并不重要，张彦远早在1300年前就说过，艺无古今。中国画从来以高低论，而不以新旧观。新是历史的过程，美才是永恒的东西，刻意求新，未见得长命。但艺术家自身的时代性自然与前人拉开了距离，这时流露而不是刻意为之，当然，一味重复前人，决不是艺术家。一个艺术家处于创造状态和不断发现自我的状态，他自然就体现了时代特色。

才情、功底、修养、寿命是成就中国画家的四个条件。

"宗教是人类认识自然开始的"。艺术是艺术家的宗教，艺术家通过艺术与自然对话，实现与自然的融通。中国画与西洋画的不同处是看重高寿。

气象不正者难得高寿。古来大家常有大气象,悟得正道。白石、宾虹、林风眠、林散之均属此列。董其昌、黄宾虹对寿与人格艺术的关系有论述,余以为然。

中国画家出好作品需要几个条件:1.充足的时间;2.散淡的心境;3.挑剔的眼光。

画家,是个悠闲的职业,特别是中国画,它必须与"时间就是金钱,效率就是生命"的观念保持距离。它是慢吞吞的事情,慢吞吞地一咏三叹。"五日一石,十月一水"是宋人的创作经验,北宋山水画的经典就是这种状态的产物。

谈中国画家的生命状态

在中国画中，由法而理，由理而道，道便成了中国画的最高学问。《易·系辞》："形而上者谓之道，形而下者谓之器①。"六朝王微的《叙画》中说绘画是"以一管之笔，拟太虚之体"，这个"太虚"就是"道"。同时代的宗炳说得更明白些——"圣人含道暎物"，"山水以形媚道②"。

这些早期的经典理论，规定了中国画的大致特点："拟太虚之体"③，是亲自然而远世俗，造型取其意象而淡于写实，强调精神主导，以道心观物。宗炳又说，绘画的目的是"畅神而已④"。

按老子和庄子的哲学，中国画离开世俗越远越好，尤其山水画，最好按"天人合一"的路线走，人间烟火气（社会生活气息）越少越好，从而实现"独与天地精神往来"。这种观点颇类今天的生态环境意识。所以，中国画不追求快节奏，而是从容散淡，如行云流水，是静下来、淡下来、慢下来的艺术。古人有"五日一石，十日一水"的话便是这种一咏三叹的状态，这有些像太极拳，不绝如缕而又绵里藏

---

① 见《老子·二十五章》，《易·系》。
② 见宗炳《画山水序》
③ 见王微《叙画》
④ 同②

针,令人周身通泰,体强心健。中国书画,从来就长于纯净心灵,陶冶灵智,所以,儒家把琴、棋、书、画作为造就理想人格的修养手段。而中国画更能"涤烦襟,破孤闷,释躁心,迎静气",是祛病增寿的良药①。

西方人对中国画有着浓厚的兴趣,但他们更看好的是清代以前的中国画。他们虽然不易看懂山水画笔墨艺术的高下,但他们能感受到中国山水画里的精神境界,理解人对自然界的向往。他们完全接受中国画不表现张力,不强调形式感,不注重视觉冲击。好的中国画追求内美,初看可能很平常,但久看不厌,你会看见画家的心灵在笔下浮动。

谢赫"六法"讲"气韵生动",正是指"人"与"天"相通相融反馈互动所形成的一种生机勃勃、动静有序的生命韵律。这确与西方重"形象"之画法有所不同。中国传统文化无论儒家、道家、释家都受到"天人合一"精神的浸润。在传统中国画家的作品中,我们可以体悟到一种浓厚、深远、真挚、素朴的天人之情。诗人如此,乐者如此,画家亦然。在先秦哲学的影响下,中国古代画家建立了一种视万物为一体同气的宇宙观。从天的自然含义方面说,人与自然的合一包含着人与自然互相包容的思想。如《庄子·达生》篇所说:"灵台者,天之在人中者也。""灵台"即心,这是讲人心中包含着天地自然。《礼记·礼运》篇说:"故人者,其天地之德,阴阳之交,鬼神之会,五行之端也。"刘勰《文心雕龙·原

---

① 清·王昱《东庄论画》。

2006年夏，留连武当大山间

道》篇据此而提出的人"为行之秀，实天地之心"等，都是这一思想的发挥。在自然成为人的自觉的审美对象后，这一思想得到了更大的发挥和更深入的表现。晋宋时期人欣赏山水，由实入虚，超入玄境。画家宗炳云："山水质而有灵趣。"晋宋人欣赏自然，有"目送归鸿，手挥五弦"的超然玄远的意趣，这使中国山水画自始即是一种"意境中的山水"。宗炳画所游山水悬于室中，对之云："抚琴动操，欲令众山皆响。"郭景纯有诗句曰："林无静树，川无停留。"这玄远幽深的哲学意味渗透在中国古代画家的审美感受中。

笔墨文化是由中国哲学派生出的心灵艺术。由笔墨表现而成的"心象"与由自然到二维平面的"形象"有着本质的差异。所以，中国山水画不叫"风景画"，而叫做"山水画"，便是因为笔墨是表达心灵的手段，而不是用来描摹自然的。中国绘画崇尚简淡的原则：以墨或极少的色，用二维的方式描绘物象，并且有节制地利用空间。计白当黑，这是艺术的极简原则，由它产生的艺术作品自然比不得西方古典油画那般细致、逼真，但中国人注重的是"传神"而非"传形"。为了这个"神"，哪怕牺牲形象。形象牺牲了，中国人得到了"心象"，按照庄子的观点，对于个人来说，一切存在都是非真实的，只有画家自己活生生的生命是可以把握的唯一真实，而这生命和生命本身的诸般情感也是稍纵即逝，将生命的痕迹留在纸上，变得可以辨识，可以感受，可以玩味。中国的文人画家们以自身为自然抒发，他们相信自己内心的

体验，相信自己已经窥知了宇宙的精蕴，相信自己笔底下不假思索流露而出的韵律与形式，正是自然最真实、最深刻的韵律与形式，于是就把这种主观感受表达出来并形成图像——这就是"心象"。因为心象，而有了对心灵质量的要求。

古人崇尚清奇、简静、淡雅的画风，追求笔墨的纯净与透明，就像其追求心性之高洁一样。有成就的画家的生命态度往往保持着一种低调。那是一种信仰：艺术与生命合一，艺术应该是生命的展开与完成，讲求心灵质量的完美，而不仅仅成为换取世俗利益的手段。所以，真正的大家不仅是一位笔墨实践家，更是一位有人文关怀精神的人，通过笔墨映现出生命的本真，并且通过笔墨净化自己及他人的灵魂。

纵观历代绘画大家，其为人真诚坦荡，其学问宏博渊深，因而其作品境界幽远。《乐记》中说："乐由中出，故静；礼自外作，故文。"传统艺术以"静"来抑制人动物性的本能冲动，从而达到"上下和"、"天地和"的理想状态。因而，传统的绘画作品不仅隐含着个体情感的信息，更注重了人性情感的传扬，展现出温文尔雅、文质彬彬的君子风范，或者庄子"天地与我并生，万物与我齐一"的"天人合一"境界。在画面中，不论山川河流、亭台楼榭，还是人物走兽、花草鱼虫，皆透露出画家中和平静，追求人与自然高度和谐的审美心境，隐匿着画家人格自我完善的印迹。

"静"这种中国式的审美气质承载着传统艺术的优良文化基因，曾经一度为世人所崇敬。"静"则深，能思考更深层面的问题，体现了人性的自觉和人文精神。然而，近百年来，画家身上那一份"静"的文化基因，却在所谓国学热的喧闹中悄然消逝。那些抄袭西方艺术样式并号称"前卫"或"先锋"的艺术家，也靠贴上一个民族艺术的标签，诸如"中国符号"之类，以展示民族精神，而实质已与民族精神相去甚远。

历代画论提出"清心地"、"善读书"、"却早誉"、"亲风雅"，"不可有名利之见"，不能"沉湎于酒，贪恋于色，剥削于财，任性于气"等，是说高尚的人品能影响到笔墨。明代李日华在《紫桃轩杂缀》中说："文徵老自题《米山》曰：'人品不高，用墨无法。'乃知点墨落纸，大非细事，心胸中廓然无一物，然后烟云秀色，与天地生生之气，自然凑泊，笔下幻出奇诡。若是营营世念，澡雪未尽,即日对丘壑,日暮妙迹,到头只与髹采圬墁之工(指漆匠,泥水匠)争巧拙于毫厘也。"清代沈宗骞说得更具体:"笔格之高下,亦如人品,故凡记载所传,其卓乎昭著者,代为数人,盖于几千百人中始得此数人耳。苟非品格之超绝,何能独传于后耶?夫求格之高,其道有四:一曰清心地以消俗虑,二曰善读书以明理境,三曰却早誉以几远到,四曰近风雅以正体裁。具此四者,格不求高而自高矣。"这种具体的要求几乎成为画家,尤其是文人画家的自觉意识,进而成为自觉状态。

清代画家盛大士曾著文批评世风,和今天有些相像,他认为"近世士人沉溺于利欲之场,其作诗不过于欲干求卿相,结交贵游,弋取货利,以肥其身家耳。作画亦然,初下笔时胸中现有成算,某幅赠某达官必不虚发,某幅赠某富翁必得厚惠,使其卑鄙陋劣之见,已不可向迩,无论其必不工也,即工亦不过诗画之蠹耳①。"

画家的浮躁心态在画面上是能反映出来的,那种力图取悦于人的作品常常有"做"的刻意,情不真无以动人,连自己都敷衍,如何打动观者呢?所以,画面的深层问题与人品关系至为密切。人品不高,难得有境界。中国古代有一种对画家极其严厉的批评——俗,并认为"俗病难医"。但清人王概开出药方:"去俗无他法,多读书则书卷之气上升,市俗之气下降矣②。"

明代画家董其昌强调心悟,强调以心应物,以情应心,作画不为造物役。董其昌的书画艺术没有功利色彩。在他的心中,艺术完全是心灵的需要。他写字作画,完全进入了一派安详宁静,散淡冲和的状态,心与作品融为一体,绘画不再是一种负担,而成为没有痛苦,只有愉悦的享受。正因为如此,董其昌从书画艺术中发现了"烟云供养"的养生之道。他写道:"画之道,所谓宇宙在乎手者,眼前无非生机,故其人往往多寿。至如刻画谨细,为造物役者,乃能损寿,盖无生机也。"这句话被历史一直证明着,这正是中国书画艺术的奇妙之处。大约也是让西人难于理解的地方。

董其昌还认为:"绘画之事,胸中造化吐露于笔端,恍惚变幻,象其物宜。足以启人之高志,发人之浩气。"在他看来绘画是高尚其志的精神活动,不是随便玩玩

---

① 清·盛大士《溪山卧游录》。
② 清·王概《画学浅说》

的。而代表着一种精神的追求。董其昌主张艺术家要纯洁自己的心灵。因为只有纯净、静谧的心灵才能抽绎、表现出天地的大美，像倪云林那样"洗尽尘滓，独存孤迥"，像恽南田那样"迁移造化而与天游"，才能体验自然的精神，使澄澈的自然山川映照出自己光明朗彻的心胸；才能不事刻削，浑然天成；才能如山川之有云雾，草木之有华实，充满勃郁而见于物外。他精通禅理，懂得简约才能高华，繁缛却落下乘，故其绘画自然简淡，藏而不露，虚和空灵，进入了笔墨艺术的最高境界。

仅仅有才华是达不到这个境界的，必须要辅以知识修养和人生阅历，这也体现着中国笔墨文化的文人性格特征。

其中有一种安详的心态。"安"是意识宁静后的自我感受与表现；详是吉祥、合善之意，是充满生气的各种美善的表现。安详是对生命有所领悟后的一种境界，是"欢愉、自然、端庄"的综合体现，是意识领域的矛盾淡化、身心得到了统一的体现。现之于外表，就会呈现出慈祥、和善、安稳、宽惠乃至举措自如，心能止其所止、行其所行，这是心安理得不为外物所扰的"自由、自觉"的境界。这种境界下的笔墨自然是轻松自然而又生机勃发的。

徐复观认为："中国的山水画，则是在长期专制政治的压迫，及一般士大夫利欲熏心的现实下，想超越向自然中去，以获得精神的自由，保持精神的纯洁，恢复生命的疲困而产生的①。"

但仅此产生的山水画还不能达到很高的境界。作画的动机绝不仅是逃逸，文人对山水有着天然的亲近，所谓"仁者乐山，智者乐水"，是中国古典哲学反映出的人与自然高度的一致性所形成的艺术状态。画家的心地要干净，所谓"澄怀观道"，"澄怀"是"观道"的前提。优秀的作品必须建立在画家的人格德行完善的修为过程中。王昱强调："学画者先贵立品。立品之人，笔墨外自有一种正大光明之概。否则画虽可观，却有一种不正之气隐跃毫端。"所以，历来"端正"二字极为重要。这样的论述自宋以来，蔚为大观。"画如其人"已成为中国笔墨文化的古训。画家注意修养心性品格，"则理正气清，胸中自发浩荡之思，腕底乃生奇逸之趣②"。"绘宗十二忌"和明清以来各家论述的用笔之忌，如"忌滑"、"忌尖"、"忌流"、"忌薄"、"忌浮"、"忌轻"等等，也正是做人之忌。

六朝王微主张画山水要"以神明降之"。唐张彦远进一步阐述为"拟迹巢由，放情林壑，与琴酒而俱逝，纵烟霞而独往③"。到了清代方薰则更具体为"画家一丘一壑，一草一花，皆使望者息心，览者动色，以为绝构"。画家王原祁结合笔墨实践指出，笔法"可以通性情，释犹豫，画者不自知，观者得从而知之"，画已进入调息状态，与养生相关，故"古来各家享大耋者居多④"。

中国古典哲学认为，宇宙自然生生不息，人体也是真气流转，关照笔法应是元气充沛，如行云流水。当外部的不利环境影响到心理和生理时，元气会产生变化，出现气虚、烦躁等，反映在笔墨上乃"浮"、"躁"之气。修养不够时，难以克服。而一位讨好外界，急于求得别人的赞扬，则常出现匠气。所以，养气是中国画家的功课，要能做到气脉不断、笔不困、墨不涩，元气安稳、神闲意定。勿促迫、勿怠缓、勿陡削、勿散神、勿太舒，务先精思天蒙。山川步伍，林木位置……以我襟含气度，不在山川林木之内，精神驾驶于山川林木之外。这里已透露出"气韵"的妙诀——心神高远笔自深厚，心境旷达境自高迈。

如此看来，当代画家需要解决的问题仍是很多的。

---

① 徐复观《中国艺术精神自叙》。
② 见清·王昱《东庄论画》
③ 同上
④ 同上

中国画的本质、特性、境界和欣赏

一 中国画的评判标准：百年争议今未绝

当代中国画很多都是好看的画，但并不是真正意义上的中国画，鉴赏中国画先要弄清什么是中国画。

中国画的欣赏是个很大的题目，一百年来围绕这个题目有很多的争议，很难形成共识。如果从中国画论的角度看，我们可以得出没有争议的结论，确立起一个鉴赏标准。但是到了20世纪，由于文化的多元发展，中国画出现了众说纷纭的局面。如何看待中国画？画家、评论家莫衷一是，一般欣赏者更是茫然。学界的争论，一直持续到今天。但是，随着国力的提高，中华民族的日益强大，尤其是传统文化又被客观地重新认识之后，人们对中国画又有了新的认识，这种认识与之前有所不同。争议总是正常的，可在争论中形成了更多的共识。

20世纪初，对中国画，特别是对传统文人画差不多是一片打倒之声。1917年康有为在《万木草堂藏画目》中所提出的画学思想，成

潇湘图卷(局部) 宋·董源

为批评传统中国画之先声:"中国画学至国朝而衰弊极矣,岂止衰弊,至今郡邑无闻画人者。其遗余二三名宿,摹写四王、二石之糟粕,枯笔数笔,味同嚼蜡,岂复能传后,以与今欧美日本竞胜哉?……如仍守旧不变,则中国画学应遂灭绝。"康有为把近代中国绘画衰败的原因归于文人画背离了唐宋的写实传统,在此基础上,他提出以"六朝唐宋"院体画为不二法门,主张排斥文人画;与此同时,却对郎世宁折衷中西绘画技法的新画派推崇备至,认为"郎世宁乃出西法,他日当有合中西而成大家者。日本已力讲之,当以郎世宁为太祖矣"。今天,谁也不会把郎世宁作为太祖了。他的画虽有特色,但已不是本质意义上的中国画。这一点,学界已无大争议。康有为曾多次到西方考察,特别是到法国卢浮宫后,看到油画用再现手法惟妙惟肖地表现外部世界,便对中国的笔墨形式产生动摇,进而发出用郎世宁的办法来改良中国画的呼声。在康氏发出这种声音的230年前,中国人可不是这样评价郎世宁的。郎世宁为西方传教士,康熙时来到中国,并带来了一批欧洲古典主义作品。康熙看后,把宫廷画院院长邹一桂找来,让他品评。邹一桂看后说:"工则工矣,不入品评。"意思是说,画得很像、很细,但是不值得去品评,也可理解为不好去品评。

  明末清初是整个思想史上最为活跃的时期之一,与晚周、晚清共称"三晚"。人们对自己的民族文化充满自信。郎世宁带来的画虽然好,但是却"不入品评",这之中就涉及到绘画评价标准的问题。在我看来,如果把世界文化分为东、西两种大的形态的话,中国文化和西方文化没有孰高孰低的问题,两者都是人类智慧的结晶,犹如两棵大树所结出不同果实,两条大河各自归海,两个文化源流不同,结果不一样,尤其是艺术并没有先进和落后的区别,只有形态的不同。自康有为之后,陈独秀提出"首先要革'四王'画的命",坚持采用"欧洲的写实主义",以拯救中国画的主张,进而兴起了全盘否定"四王"的潮流。陈独秀甚至支持钱玄同废除汉字的主张,认为汉字是阻碍中国进步的绊脚石,要革除它。在陈独秀看来,元以后的中国画一天天走向没落。这个没落之说,被"五四"以后的美术史著作一直沿用着,甚至影响到1949年之后的美术史。现在看来,这个观点值得商榷,康有为、陈独秀都没能看到齐白石和黄宾虹的高度。黄宾虹晚年的绘画十分辉煌,很多西方画家极为称赞。再后来,鲁迅先生提出:"两点是眼,不知是鹰是雁",意即中国文人画太不顾及"形"。鲁迅先生是伟大的思想家,但是他说,"我翻开历史一查,这历史没有年代,歪歪斜斜的每页上都写着'仁义道德'几个字……仔细看了半天,才从字缝里看出字来,满本都写着两个字是'吃人'。"我们把陈独秀和鲁迅放在那个救亡图存的时代语境去看,绝然是振聋发聩的时代强音。但是,这些观点一直延续下来,就出现了后果。徐悲鸿在鲁迅的基础上又提出:"董其昌、陈继儒才艺平平,统治中国画三百年余,实属罪大恶极。"其对"四王"的批评与陈独秀完全一致,于是决定了后来的艺术史对"四王"艺术的否定态度。这种批评的态度几乎左右了整个20世纪。

20世纪几度提出弘扬传统,但是却找不出弘扬传统的切入点在哪里,每个人理解的传统不一样,甚至是对立的。这样一来,中国画的品评标准仍然模糊。尽管国学复兴,我们在世界各地设立孔子学院,但是具体到中国文化形而下的方面,尤其是笔墨文化这样具体的形态,能描述准确、诠释准确的人却不多。我们希望外国人看懂中国画,可是我们自己对中国画又懂多少呢?就我自身来说,虽然做了30多年的中国画编辑,但是我却不敢说我已真正弄懂了中国画。40年之前,我喜欢中国画,从事中国画创作,但对笔墨文化是一片迷茫混沌;40年后,直到60岁后我才恍然悟到原来中国画应该是这样的。这其中的契机就在于我通读了六卷本的《黄宾虹文集》,并把黄宾虹上世纪20年代在上海与邓实合编的《美术丛书》(千余万言)通读完之后,才知道原来我一直徘徊在中国画的大门之外。当代中国画很多都是好看的画,但并不是真正意义上的中国画,鉴赏中国画先要弄清什么是中国画。

二 中国画的含义:奥秘就在太极图

没有精神内守的真气,必然没有好的书画。

中国画是人类文化史上独特的艺术形态。中国古代有两部重要的书:一部是《易经》;一部是《黄帝内经》。《黄帝内经》部分是自然科学,部分是哲学。如:"恬淡虚无,真气从之,精神内守,病安从来",讲的是一个人只要淡泊、从容地对待这个世界，烦恼自然也就少，少思寡欲、无忧无虑，"真气"就会自然地运转。同样是癌症，有的人很早离去，有的人却能战胜之，精神会产生作用。从预防医学看这句话，已被现代科学证明。书与画也是这个道理，没有精神内守的真气，必然没有好的书画。而过多的功利干扰，必不能排除画上的毛病，自然也不会好。这个观点可视之最早的画论。老子《道德经》开篇即是："玄之又玄，众妙之门"，如果"众妙"也包括艺术的话，那么这个"玄"就是一把钥匙，让我们从中国古典哲学这个源头看一看中国画的最初道理。《易·系》中说，"形而上者谓之道，形而下者谓之器。"关于道与器，宋代的朱熹解释为：道是道理，事事物物皆有个道理；器是形迹，事事物物都有个形迹。清代的戴震解释得更清楚了，"形谓已成性质，形而上犹形以前，形而下犹曰形以后，阴阳之未成性质，是谓形而上者，五行水火木金土，有形可见，因形而下者，器也"。在中国画中，器是方法和技巧。《老子·四十二章》说，"道生一，一生二，二生三，三生万物……"这万物当然包括艺术。黄宾虹总结得更好：中国画的奥秘就在太极图中。黑中有白，白中有黑，全部的艺术规律都是辩证的。我们生活的世界也由辩证规律组成，这个道理恰恰也是笔墨艺术规律的核心。中国的笔墨文化就发端于这个太极图一般的辩证法中。刘勰《文心雕龙》开篇就说："人文之元，肇自太极。"原来，文学的道理也发端于此。如果我们把"道"理解成"规律"二字的话，中国人的世界观必然形成了中

赠稼轩山水图　明·董其昌

国的笔墨文化。

笔墨，是中国人的发明和创造。一支柔毫，软中有硬，处处见骨，绵里藏针，却又以柔软之相出之，颇有些太极拳的味道，用好了，便可以力透纸背，叫做笔下千钧如金刚杵，这有些像中国人的性格——柔中有刚、刚中见柔。笔墨不仅仅是材料、工具、技法，而且是一种精神状态。毛笔能表达出平静的理性，这个平静理性之下又有最充分的感性，"玄之又玄"，"恍兮惚兮"，尽在笔下，点画规律都印证着老子的话，似乎中国的古典哲学就是为艺术家而设计的。而西画则不同，辜鸿铭在《中国人的精神》一书中引用美国艺术评论家勃纳德·贝伦森的话说："欧人的艺术有着一个致命的向着科学发展的趋向。"而中国画的发展却是往科学的反方向奔跑。所以，当徐悲鸿主张把笔墨规律和西方造型艺术规律交融起来时，人们发现，造型艺术规律并不能完全覆盖笔墨文化规律，甚至有时是互相抵触的，尽管东西方艺术在高端的境界是一致的，所谓"艺术没有国界"，但从形而下的规律看，艺术形态各有边界，问题也就出在这儿。

三 中国画的特点：文人性、诗性、笔墨性

不是文人大约画不好中国画，因为没法通达笔墨的精神内蕴。没有文化而成为中国画家，是20世纪才有的事。为什么呢？审美标准发生了变化。

西湖皋亭　黄宾虹

笔墨不仅仅是材料工具，还有精神内容。中国画有3个很明显的特点。第一是文人性。中国传统艺术形态中，有原始美术、民间美术，但是形成主流的却是文人介入之后形成的笔墨文化形态，即我们今天所说的中国画，陈师曾将笔墨写意的这部分称为文人画。文人画出现之前，大约是宋之前，中国画重视状物，重视客观物像的外形。如唐代，人物画已相当成熟，特别是"成教化、助人伦"的社会功能的强调，使此期的人物画尤其注重形的塑造，当然，"形神兼备"是最高准则。但是到宋以后，随着文人的介入，特别是山水画的勃兴和花鸟画的繁荣，中国画日益走上了另一条道路，评判标准中对"形"的问题有所轻视。即苏东坡所说"论画以形似，见与儿童临，赋诗必此诗，定非知诗人"。仅画得太似，不被认为最好，如果太似以后又有匠气，则被认为俗气。论画品评中有"俗"这个字，古人认为俗又分为甜俗和恶俗。在中国画论看来，一味迎合，即是甜俗。甜俗即尽量往别人心里去画。恶俗，即张牙舞爪吓唬人，画面剑拔弩张，看后令人心惊肉跳。亦即画面充满火气、躁气、霸气、做作气。元代以后，"俗"是对画家最大的批评。与俗相对的，是一个"雅"，所谓高雅，古时也不轻易谈出，说多了似乎也就不雅了。古代绘画，特别是文人画很大的一个特点就是远功利、近自然，这是现在很多人难以理解的。中国画品评标准有神妙逸能四格，宋代的黄休复，把"逸"格提到了最前头，认为这个"逸"是最重要的。逸格是高境界，是离社会功利、离世俗烟火最远的一种境界。这里面就有一个问题，是不是背离二十世纪的时代精神呢？远功力还能为人民服务、为社会主义服务吗？这正是"四人帮"时代文人画受批评的原因之一。文艺确实有"成教化、助人伦"的社会功能，但这并不是它的全部。它还可以增长智慧、涵育德行、陶冶情操、历练品格，还可以养神、养气、健体魄，更可以提升精神境界。消极地说，在人们痛苦的时候，它能"将人生痛苦的流水过滤得清澈无伦——流出的是一泓净水。没有火气，没有浊气，只有澄碧如洗，潺潺而流，清凉之至，这便是文人画"。（姜澄清语）一时的没看懂也不要紧，当它放在博物馆里供后人欣赏时，也是为人民服务。过去并没有多少人能看懂徐渭、八大山人，但是现在他们被公认为大家，在我看来，他们的作品也能为人民服务。不要把为人民服务理解的十分狭隘，真正为人民的东西在历史上肯定是站得住脚的。当然，这并不是说看不懂的画才是好画。

诗性，是中国画的重要标准，这也是中国画的第二个特点。在论述诗性之前，还是有必要重申一下文人性这一特点。纵观中国画史，历代大师无一不是文化人，包括王冕这样放牛的孩子，也努力先把自己变成文人再成为大家。齐白石出身贫苦，当过木匠，自学绘画。27岁拜师先从胡沁园，后拜王恺运，学诗、学书、学篆刻；进京后，与比他小14岁的陈师曾建立了亦师亦友的关系。这一切才成就了后来作为文人画大师的齐白石。齐白石总结自己的一生，刻了一枚章："一息尚存要读书"。黄宾虹、徐悲鸿、李可染、傅抱石、潘天寿……哪一个不是文人呢？

所谓知识分子，一是有独立的人格，二是要具备人文关怀精神，三是具有批判意识。唐宋之后中国画以文野判高低，书卷气被视为基本要求。不是文人大约画不好中国画，因为没法通达笔墨的精神内蕴。没有文化而成为中国画家，是20世纪才有的事。为什么呢？审美标准发生了变化。宋以来，诗画一律的观点成为主流。苏东坡称王维："诗中有画，画中有诗"。诗，不直白，以比兴手法抒心志创设境界，这需要丰厚的文化积淀。像清代以来王鹏运、朱孝藏、陈寅恪诸人的诗，没有知识积累怎么能读得懂呢？诗与画的密切关系，历代画论皆有论述。元代以来的大画家几乎都能诗，有些甚至是优秀的诗人，如倪云林、八大山人、唐寅、文徵明、徐渭、恽南田、郑板桥、吴昌硕等等。画贵有诗意，自宋以来成为风气。宋徽宗亲任画院院长时，出题目考试都是诗句，绘画即使不题诗，画面也必须要有诗的意蕴，要做到"画中有诗"。梅兰竹菊已不是单纯的梅兰竹菊，君子自比，喻以深意。郭熙的《林泉高致》中"春山淡冶而如笑，夏山苍翠而如滴，秋山明净而如妆，冬山惨淡而如睡"。这是诗意的要求，不是为了写山而写山，要把这个山内在的感觉描绘出来。我们看新安派的画家，个个能做到这一点。同样是画黄山，每个人画的都不一样，渐江、梅清、查士标、戴本孝描绘黄山，各有不同但各具诗意。今天的画家很难做到，只能在形体准确上见功夫。为什么呢？古代的画家，是带着诗人的眼光去看黄山。"诗画本一律，天工与清新"，苏轼在《宝绘堂记》中说："君子可以寓意于物，不可留意于物。留意于物，虽微物足以为病。""寓意于物"是超越物质占有的审美胸怀，否则就是病了。脱离了"形"的桎梏，用意象的手法去寻找诗的境界，是人的精神的解放。中国画擅长表现风中的竹子、水中的游鱼、高空的大雁。西方则喜欢画盘子里的蔬果、墙上滴血的猎物。西洋画画静物，中国画画活物，画有生命的东西，有生命的东西便有了生气和诗的韵味。黄山谷称李公麟"淡墨写出无声诗"。郭熙在《林泉高致》中说"诗是无形画，画是有形诗"。近代以来，画与诗逐渐疏离，这不仅是技术的缺失，实则是意趣的改变。八大山人是诗人，他的情感不仅在有笔墨处显露，在那"空"处"白"处，都寄托着思绪。不懂诗，何以解此意趣？

中国画第三个特点，也是最独特的一点即笔墨性，这也是与西方绘画迥异的。西洋画画色彩、画造型、画明暗、画解剖、画结构、画透视。中国画不画这些东西。20世纪的中国画向西洋画靠拢，用我们的毛笔画结构、画比例、画透视，什么都画。西洋人认为你并没有超过油画，从这些元素看确实没超过油画。所有"重大题材"用油画都能画出来。当然，我们用中国画画重大题材，做了一个我们祖先极少做的事情，这也是20世纪画家的骄傲。但是，中国画最擅长的不是描摹和再现生活，而是颇为抽象的写意，或者说重意象或心象，对具体描绘却没有太大兴趣。

中国画的笔墨性具有两个特点：一个是书写性，即它是"写"出来的。西洋画也画线条，也可以画得很准确、很流畅，这不是中国画的"线"，中国画中的线有起伏顿挫，畅缓疾徐，完全是情绪记录，它跟书法是一个道理，是书写出来的，它从书法中来，所以赵孟頫说书画同源。中国古代的画家基本上都是书法家，尤其是大画家。宋以后的大家，无一不是书家，如米芾、苏轼、赵孟頫、倪云林、董其昌、沈周、文徵明、徐渭、陈淳、唐寅、王铎、吴昌硕等都是大书法家。但是，20世纪的画家却开始疏离书法，拿毛笔当西方人的硬笔或油画笔一样的使用，全无书趣，这比画疏离了诗更可怕。中国画与西洋画的距离越来越近，表现力却差了许多。离开书写趣味和写意精神的中国画实际上被抽了筋骨。

中国的书法是有生命的，笔法讲求骨法。什么叫骨法呢？南齐谢赫说"骨法用笔"，唐代张彦远解释为"生死刚正谓之骨"。这其中有人格要求。明代的文徵明说："人品不高，落墨无法。"笔，往往表现为具有高度生命力的线条，其文化内涵则远非西洋画的线条可比拟。浑厚华滋，苍润并济，可视为笔墨的最高境界。

苍，往往能表现出人的骨气和品格；润则反映出一个画家的感情和生趣。中国画用笔有忌讳，笔落到纸上，忌尖、忌滑、忌流、忌浮。做人能尖、滑、流、浮吗？当然不能。反过来，忌板、忌结、忌刻。板、结、刻当然也不好。我们凭朦胧的感觉看画，这些判断应该是不困难的。人轻浮，用笔也会轻浮；人张狂，用笔也必张扬虚浮，所谓画如其人。南齐谢赫提出的"六法论"，成为中国书画品评和创作的最高准则。六法第一条是气韵生动，第二条便是骨法用笔。用笔要讲骨法，要有力度，它应该是沉稳的、厚实的，要有金石趣味。黄宾虹对金石趣味有大量论述。好的线，如折钗股、如屋漏痕、如锥画沙，黄氏总结为平、圆、流、重、变，这是对用笔的要求。李可染先生说，在中国历史上用笔好的画家，并不是很多的。他还说，300年来，若论笔墨，贡献最大的是黄宾虹，再过300年，他的地位会更高。今天再来看这句话，我们叹服黄宾虹的同时，也深深景仰着可染先生，这是大师独具的法眼。

　　大艺术家往往是超前的，一个深受社会追捧的艺术家在历史长河里很可能什么都不是。如元四家之一的吴镇，生前的名声远不及二流画家盛懋，盛懋门庭若市，吴镇门前冷清，30年后，吴镇的画大受欢迎，声誉远远超过了盛懋。八大山人、徐渭、"扬州八怪"中的几位都经历过这样的命运。黄宾虹说自己的画50年后方有定评。今天，时代充分肯定了他。林散之在世时，许多人对他并不熟悉，现在他的影响越来越大，被誉为"草圣"。艺术到了最高境界是寂寞

丹台春晓图　清·王原祁

黄宾虹山水写生册页

黄宾虹山水写生册页

的，曲高和寡是规律。绝好的东西初始能欣赏的人不是很多，需要慢慢来。真正雅俗共赏是很难的，齐白石做到了，黄宾虹却没做到；任伯年做到了，吴昌硕也没做到。直到今天，徐渭和八大山人的画也很难雅俗共赏，但徐渭的《四声猿》却被认知和肯定。他画的墨葡萄，能看懂的不是很多，他的书法《青天歌》能接纳的人也很少，但恰恰这些东西往往是中国书画史上的闪光点。

笔墨性的第二个特点就是程式性。程式性在20世纪遭到了最大的诟病。程式性是什么呢？打个比方，京剧角色分生旦净末丑；京剧表演手段有唱念做打；伴奏有三大件：京胡、月琴、鼓板。可不可以不这样？可以。钢琴伴奏《红灯记》，就不用三大件了，也很好听。但难以久远地流传，只能是轰动一时，今天再也听不到钢琴伴奏京剧了。《四郎探母》《拾玉镯》用钢琴伴奏试试？肯定不行，因为违背了京剧的程式性规律。成熟的艺术样式往往都具有程式性。中国画也有程式性，画水、画石、画树皆有规律，山水、花鸟、人物亦有用笔规律。写字从永字八法入手，从颜体进入，或者先临《兰亭序》，均有学习的程式。王羲之的老师卫夫人讲皮肉骨筋脉，实际上就是她的教学程式，这样学字才能理解至深。

20世纪谈创新多，谈继承少。创新是时代潮流，不创新社会怎么发展呢？科学必须创新。"五四"的精神就是科学与民主，没有"五四"的精神就没有今天的中国。但是，批判中国文化糟粕的时候，要十分冷静地分析，笼而统之地贬损中国画必然带来负面的结果。中国文化传统出现了断裂，批评旧的思想时，彻底否定传统伦理观，我们必然为此付出深深的代价。不讲信义，乃至欺骗盛行，是传统道德缺失造成的。对中国画的批评也是如此。20世纪以来，以"新"作为价值判断，认为凡新的就是好的，这很危险。"新"只是时间概念，"美"才是永恒的东西，才是艺术的本质。唯"新"是举，会降低艺术质量，而"刻意求新"更是问题了。中国画讲究自然而然，不能刻意。一"刻"就失去自由和清新，一"刻"就远离了"平淡天真"，所以，在我看来，中国画领域的"刻"意求新是个问题。人们大多知道石涛的"笔墨当随时代"和强烈的个性诉求，却不知道他晚年的主张——"画家不能高古，病在举笔只求花样"，在这里，他指出了"花样"的危害。笔墨作为技法有自身的规律，这种规律我们可以称为"程式"。亚明先生说"有规律无定法"，是对程式规律的尊重，综合各家所长成为大家，既尊重传承规律，而又能出己意者，往往有大成。程式性不是僵死的，也是代代积累，成为宝贵经验。中国画绝不反对创新，但这个"创新"一定是尊重笔墨规律的创新，不能丢掉写意精神，不能丢掉书写性，不能丢掉程式性中的许多宝贵元素。情趣理趣要并重，自由意志必须与程式规律结合。中国古代每一个大师都有新意，但肯定又都遵循着笔墨规律，在尊重笔墨规律的基础上，抒写出个人的独特感受，就是中国画的"新"。惟妙惟肖，在中国画论看来境界并不高，而传神是中国画的要求。形是手段，神是目的。有时为了这个神，要在形上作剪裁取舍的功夫，甚至要有意避开那个"象"。齐白石说："太似为媚俗，不似为欺世，作画妙在似与不似之间。"黄宾虹强调前人观点：不似之似。如果画人物，神韵为上；如果画花鸟，精神为重；如果画山川，必须要画出山川的境界来，达到"独与天地精神往来"的旨趣。做到这些，是不容易的。

　　20世纪的山水画，将拖拉机、水库、高压线都加入到画里边去了，这是机械的再现生活，并不是山川本质；是对生活表面的理解，而不是对大自然精神的赞颂。确实表现了人的主观意志，但却远离了中国山水画澄明空灵、静寂深沉的本旨。古人为什么画山川讲究"逸"字？这是因为社会浮躁，画家渴望逃离这种浮躁，而寻找一种清凉和安静。我们看宋人山水画，寂静而不喧嚣，需要平心静气地观赏，只有这样才能体味到它的永恒。在繁杂、忙碌，甚至是充满矛盾冲突的现实生活中，我们的祖先不希望艺术再去"火上浇油"地呐喊，而渴望着安静恬淡。董其昌是明代正二品官阶的礼部尚书、太傅，处于政治漩涡中，很多事情颇为忧心，但是他的画却非常安祥沉寂，悄无声息地一派淡然。这是为什么呢？这是内心的渴望，渴望清凉。中国古代山水画就是这个作用，你说它是进步，还是落后？我们把今天所见到的水库、高压线、拖拉机、小汽车等通通画到山水画里去，在我看来，至少是不环保。山水画的功用是什么？这是关系到中国画观念的重要问题。清代画家王昱在《东庄论画》这样论述："学画所以养性情，且可以涤烦襟，破孤闷，释躁心，迎静气。昔人谓山水画家多寿，盖烟云供养，眼前无非生机，古来各家享大耋者居多，良有以也"。把画画当作是一种娱悦心灵的方式。稍后于王昱的董榮在《养素居画学钩深》里说"我家贫而境苦,唯以腕底风情,隐然自得。内可以乐志,外可以养身,非外境之所可夺也"。养生,是笔墨文化的一大属性。古代画论许多处论述与山川同呼吸共和谐者可享高寿,所以中国古代的大家不乏高寿之人,如黄公望活到89岁,文徵明活到91岁,忙忙碌碌的董其昌都活到82岁,八大山人活到80岁,80岁以上的山水大家比比皆是。而短命的画家作品上往往留下了问题。中国画是大器晚成的艺术,如真是天才的中国画家,年龄越大,画得越好。而这一规律并不印证于西洋画家,两者不同。而真正做到"畅神",必然修性养身。像文革期间的不少画,剑拔弩张,横眉冷对,十分地外向张扬。求张力,求视觉冲击力,我称之为"外来艺术精神"。在我看来,中国画是"衣食足"以后的精神追求,摒弃功利之心才有好的笔墨,它属于精神范畴。除非有极高境界,可以在清贫饥馑的条件下作画,历史上一些高僧做到了这一点。齐白石也做到了这一点。中国画能用来养气、养神,养生颐年,并能提升境界,中国画对社会精神质量的提升有重要作用。

四 中国画的境界:笔精墨妙,其美在内

中国画论认为,人的境界有多高,画便有多高,而境界并不是天才就能解决的,中国画不是强调天才,西洋画强调天才。中国画在尊重天才的同时强调修为。

画中国画首先心态要从容安详。在波浪滔滔的大

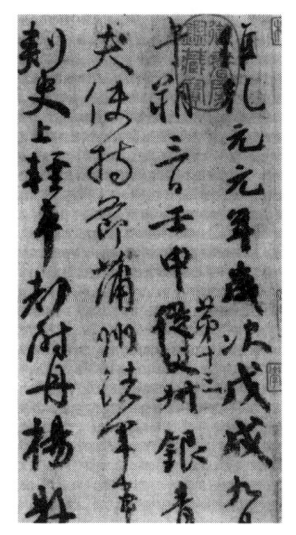

颜真卿　祭侄稿(局部)

海面前，西洋画家心潮澎湃地作油画写生，可是中国画家仍以沉静的心态面对。从故宫博物院藏的马远的《水图十二帧》中，我们感受到的仍是静气。静而深沉，似有无尽的韵致。古人用一种散远的心情看待自然。宋代郭若虚对山水画提到"三远"——高远、平远、深远。"远"的内涵是一种玄远的境界。马远的水便有这种透露着幽玄的远的意味。中国画是在这样一种安详散淡的形态下，摒除了一切功利色彩的前提下，从容地写出来的。它追求的效果用黄宾虹的话讲是"内美的境界"。黄宾虹认为："其美在内，不在外观。"这是需要反复体味才能感受到内在的魅力。

怎么才能做到"内美"呢？笔精墨妙达到境界幽深。怎么才能做到笔精墨妙呢？需以书法入画法，要以篆籀之笔入画，才有趣味。"石如飞白木如籀，写竹还应八法通，若也有人能会此，须知书画本来同"，这是赵孟頫论用笔的名句。表现境界要有好的诗性感觉，诗意、笔墨加上端正的人品才能创作出好画。齐白石85岁生日写下绝句："铁栅三间屋，笔如农具忙；砚田牛未歇，落日照东厢。"还曾刻印"恨无长绳系日"，恨不得拿绳子把太阳系着不使落下，珍视光阴而又甘于寂寞，从容度日，心态成就大家。齐白石是穷苦人成功的例子，世家出身或文人经历的大家似乎更多些。中国画远功利，但它具有人文关怀精神，这种关怀与天地精神相通。千载而下，中国画始终在寻找人与自然、人与社会、人与自身的平衡，寻找一种"恒"的大美境界。孔子的核心是"仁"，是希望我们的人格完善，教我们如何去做去为；老子、庄子是告诉我们，怎样与自然相处，不做不为也是为了人格完善。中国古典哲学，不研究事物的结构和运动规律，以及如何利用这种规律去改造自然，这是科学精神。中国哲学更偏重直觉与理性的互补，对立因素的同构和谐，这种哲学理念落实到艺术中，就产生了中国画。

姜澄清先生说："艺术的价值，在于净化人心，净化人际关系，使'我'与'它'或'他'之间，处在一种高尚而愉悦的氛围中。"艺术具有与宗教同样的功能，让人心归于澄明和至善。一个浮躁的人，一个功利心很强的人，一个急于求成的人，一个怨天尤人的人怎么能深入到艺术的深处呢？画是心迹，书也是心迹。"书，散也。"（汉代蔡邕有论） 一颗散淡从容的心，平静，静而深，而远。画画一波三折，是骨子里的沉稳，行笔需慢。李可染跟齐白石学画10年，他总结说学到了一个"慢"字。我看林散之老先生写大草，写得舒缓沉着，运笔慢而又沙沙有声。我常给学生讲，做到"淡"、"静"、"慢"三字，大约可以进入中国画了。笔墨文化是人格的文化，很讲究"格"。"格"是格调、格致。所以说，人品不高，画不会高。唐以来的画论反复地讲人品如何重要。笔墨文化强调人品，讲究"文如其人"、"画如其人"、"书如其人"，人是什么境界，作品就是什么境界。这大约是中国美学与西方美学的不同之处。所以，历来的中国画论，要求画家要完善人品。林散之有一首诗："辛苦寒灯七十霜，墨磨磨墨感深长。笔从曲处还求直，意到圆时则更方。"他的人生便是圆中见方，曲中求直的境界。在有操守的画家看来，名和利都是艺术之外的事情。中国画论认为，人的境界有多高，画便有多高，而境界并不是天才就能解决的，中国画不是强调天才，西洋画强调天才。中国画在尊重天才的同时强调修为。修为是终生课题，在修养下千锤百炼，才能淬火。"百炼钢化作绕指柔"，境界在长期的修炼中提升。

五 什么样的画是好画：有笔墨，讲意境

好画不是一下就能看完的，如果说宣传画是大声说话的艺术，中国画则是轻声

地诉说,需慢慢地品味。西方是人性的文化,中国是人格的文化。

好画首先要"有笔有墨"。用笔要具力度,具内涵,笔线具有书法意味。许多公共场所甚至出版物上的"国画"不具备这条标准。很多展览会上的作品也不具备这条标准。20世纪以来,对中国画的品评标准出现了变化,把西洋画的标准,诸如对造型准确、色彩和结构、透视、解剖等项的要求规定得很完善,以这些标准来衡量中国画,很多中国画便走到身份不明的路上去了。真正的中国画用笔要有书写韵味,要有力量感、节奏感,充满辩证规律,它的顿挫、提按、快慢、干湿、浓淡都要蕴含其中,体现一种对规律的认知和文化素养。这是不容易的。

有墨,按照前人画论,笔立形质,墨别阴阳。又说:"墨法在用水,以墨为形,以水为气,气行,形乃活矣。"(清·张式《画谭》语） 墨在表现浓淡关系的时候,传达出大自然的神采和人的精神。墨可以千变万化,古人说墨分五色是泛指,墨可以分出万千的颜色,古人不用颜色,能为太行和黄山传神,非常生动。色当然重要,但在文人画,往往作为墨色的辅助手段而运用。

第二,好画要讲意境,有意境的基础条件在于要有生动的气韵。"气韵"一词来自谢赫《画品》——"虽画有六法,罕能尽该;六法者何? 一、气韵生动是也。"画是活的,不是死的。不是板的,不是结的,它是有生命的。中国画的"气"加上"韵",是指一幅画的生命状态。画有生气、有节奏、有韵律感,便有了气韵,在这个前提下,要看画背后的东西是否深远,有深远的意味便有了意境。"含不尽之意于言外",像好诗一样。画外须有不尽之意。20世纪以来的画家很多人会把画画成生活的图解。这是菊花、那是竹子,索然无味,古人不这样。元代画家郑思孝画的兰花露出根来,露根的兰花是有寓意的。齐白石的《寒夜客来茶当酒》、《蛙声十里出山泉》都是极富意境的作品。

黄宾虹给艺评家袭柱常的信中说:"画有初视者令人惊叹,以其技能之精工,谛视而无天趣者,为下品;视而为佳,久视亦不觉可厌,是为中品;初视不甚佳,或竟不见佳,谛观而其佳处为人所不能到,用笔天趣,非深明其旨者视若无睹,久视无不尽美,此为上品。"好画不是一下就能看完的,如果说宣传画是大声说话的艺术,中国画则是轻声地诉说,需慢慢地品味。

中国画首重精神，不强调形式。形式固然重要，但是中国画，首先强调的是内蕴。所以，它不强调张力和视觉冲击力，不强调强烈的构成意识以夺人眼目。这是西洋画尤其是后现代西方绘画的主要特征。我以为西方是人性的文化，中国是人格的文化，自觉地纳入一种约束力，在内省的同时探究自由，而不是充分地张扬人性，这就非常辩证了。一种"与天地精神相往来"的境界又要与"修齐治平"的担当意识相结合，这便是"格"，我称的人格文化就是这个意思。梵高可以追一个比自己大8岁的妓女，割下自己的耳朵求爱，毕加索可以无休止地追求女性，展现出巨大的激情。中国画家则是克制中的自省状态，以人格完善作为目标，在自我修为的状态下实现艺术理想，由此形成中国国画家、书法家的生命状态。古来大家多有"彬彬有礼而后君子"的素质，即便癫狂状态也是因清高而致。所以说，人品多高，画便多高。画画只看天分不行，一定要以读书修为作为补充。画显得"匠气"，明显是修养问题，技巧越熟练，匠气越厉害。画也好，书法也好，都以书卷气息为上。书卷气就是洋溢在书画作品里的文化气息、文人气质和精神高度。按照陆俨少的说法，六分读书，三分写字，一分画画。

康有为在《广艺舟双辑》中讲书画的高古之趣，何谓"高古"，一曰"真"，二曰"朴"，三曰"简"，就做到了高古之"美"。

赵孟頫曾提出"画贵有古意"，这个古意大约就是高古之美，这也是黄宾虹一生所寻觅的"内美"境界。

由是言之，中国画的创作和欣赏都是一个漫长的学习和实践过程，是对中国传统文化由浅入深逐步理解的过程。

静、淡、慢
——由"逸"说开去

(答《藏画导刊》编辑马龙、李作港,2011年11月29日)

编:唐代李嗣真在《书后品》中最早提到过"逸品"的概念,之后又有张怀瓘、朱景玄等人对"逸品"有过论述,一直到北宋黄休复的《益州名画录》才把画家和作品分为"逸、神、妙、能"四格,以后遂成定论。再后来元代倪瓒提出了"聊写胸中逸气"的说法,"逸"的概念又一次成为文人论述书画的无上标准。请程老师您就"逸"谈谈看法。

程:逸是境界,是"出尘"的境界。恽南田认为"不入时趋,谓之逸格"(见《南田画跋·题石谷画》)而明确提出"逸品",以"不拘常法"作为"逸品"的界定是晚唐朱景玄的观点(见《唐朝名画录》),到了北宋黄休复的《益州名画录》则明白地把"逸品"放到最高地位,开启了中国画品评的新时代。逸之后才是神、妙、能三品。黄氏还作了说明:"画之逸格，最难其俦。拙规矩于方圆，鄙精研于彩绘，笔简形具，得之自然……"斤斤于方圆规矩、斤斤于形貌结构，工于精到细微、工于敷色华美的画作绝不是逸品。黄氏认为"逸格"的形成取决于人格的超脱。这一观点与李嗣真"超然逸品"的观点（见《古画语录》）一致。黄休复只为孙位定成"逸品"一格，而孙位"生性疏野，襟抱超然"。到了元代，又有了一位倪高士"逸笔草草，不求形似，聊写胸中逸气耳"。把话说得通透明白。点画写意已是一种手段，"略具笔墨""不着一字"，虽不着一字却能尽得风流。目的是抒发一种气，一种独与天地精神相往来的气——逸气。画，超然形外；人，超出尘表。

这种"逸"，不去考虑什么"成教化，助人伦"了。完全是一时之兴，但又不是糊涂乱画。恽向《跋画》云："逸品之画，以骨秀而藏于嫩，以古心而入于幽，非其人，恐皮相俱不似也。"清代方薰在《山静居画论》中以"真仙古佛，慈容道貌"喻逸格作品之风韵。

总结以上各家评说，逸格是离人间烟火气很远的东西。绝无时尚，绝无刻意，云卷云舒，静水深流，是流出来的一派天真。与之相反的，是做，是苛求，是刻意而为。

编：您认为"逸、神、妙、能"四格比较典型的代表人物有哪些？

程："逸、神、妙、能"四格，逸之外其余三格没有原则的界限。如果要分的话，每个品种还分上中下呢，这需要是同时代的人才好比较。画论品评中多有点评，我不研究画史，故对"典型的代表人物"无大兴趣。孔子说"君子不器"，大约是指对"术"和"技法"不是看得太重。学生请教种地，孔子说"吾不如老农"。中国画中"道"的部

分千载不移,而"术"的部分代代有变,这应验了石涛那句"笔墨当随时代"。变是自然的变,而不是刻意的变。形而上的认知,是历代中国画论提炼出来的共同部分。其中我们所谓的"逸"是宋之后,贯穿中国画精神的一个核心命题。如果仅仅把"逸"看作是"文人画"的产物,这认识是狭隘的。"逸"是笔墨文化成熟的标志。"逸"关乎才情,更关乎修为和境界。关于"逸"的历代论述很多,我把它概括为6个字:

不象——不愿拘泥于物象,"非不能也,实不为也"。实在是不屑于那个"象"。

自由——忠实于个人情感。不做,不刻,不雕,不期然而然地流露出来。如是做出来、刻出来的可能就是"妙"和"能",在流和做之间的是"神"。

出尘——与"意识形态"无关,不为谁服务;不为时风左右、不顾大众需求。当然它又绝然不是仇视社会,它是通过内省而达至善;人们欣赏它得需要提升自己,修养到一定的功夫才能有所解悟。

"逸、神、妙、能"这四格往往不是截然分开的,"神""妙""能"里面也往往有部分"逸"的因素，但到"逸"格则是更突出了。历代画论称之为"标格特出"或"标致特出"，人们一看，会感觉它完全跳出来了，超尘绝俗。这与是否工笔或写意无关，与题材、体裁、形制、手法也无关，是效果，浸透着精神内涵的一种效果。仇英画得虽好，但不能称作"逸"，是妙品，有的可称神品。陈老莲是"逸"，八大是"逸"，石涛略显粗糙，也是"逸"。他的画作在"笔精墨妙"上要打点折扣。我也研究了原因，他在"出尘"上有点欠缺，还不是真的自由，放不下。真的逸格多为野逸之人、出世之人。没有出世的人有一颗求逸的心也能做到，如董其昌、沈石田。而石涛呢，他心里头还是向往着入世，放不下，身在尘外，心在尘中，如此状态，在画上能看出来。观石涛的画，时见才华过人，时见浮烟涨墨；时见清奇脱俗，时见随世俯仰。这是一个矛盾着的石涛。他的画论却有极强的思辨能力，对中国画的本质把握入骨，认识可谓深刻，但"笔墨当随时代"被20世纪过度解读，成为标签，甚至成为肤浅作品找来的依据。

编：关于"逸"，包含有超脱时代的意思，而画家也是社会人，才识风鉴难免一定程度上为时代所囿。您是否认为画品能"逸"，个人的天赋更为重要一些？

程：首先，天赋重要。天赋就是历代画论文论里说的"才"。刘勰说："学以外成，才自内发。"（见《文心雕龙》）内发就是天赋。"才"是情感、情趣，这是先天的东西。当说到才能，是两个概念的组合。才包含情、趣和思想；"能"则是技、本领和经验，多是后天因素。但严羽在《沧浪诗话》里有一段重要的话："诗有别才，非关书也；诗有别趣，非关理也。然非多读书不能极其致。"这才是关键。

所以天赋在中国画论里虽然受到尊重，但并不凸显。而在西方美术理论中天赋几乎是一切。我们看由唐至宋元明，王维、董源、苏轼、赵孟頫、董其昌、八大这些大本领的画家，并不仅仅是靠才华铸就，它还跟心境、人格、学识、修为相关系。到了20世纪，齐白石、黄宾虹都是成就极高的画家。齐白石的个人天赋很高，但在学识的深刻、积累的雄厚上跟黄宾虹还有一定差距。我个人认为以后美术史的顺序应该是黄、齐。

编：请您具体谈谈您的看法。

程：齐白石以卖画为生，必须要顾及对象。他天性朴素，有很高的修养，但他无法恬淡虚无。他有生活的追求，当然他不过分，有时安贫乐道。他有功名意识。儒家历来很重功名意识，对"达则兼济天下"的"达"的认知和追求是流在我们血液里头的。黄宾虹对"达"则有非常独到的认知，他提出"君学"和"民学"，他的担当精神和民族精神使他对"达"提出了清晰的见解，他宁可不要这个"达"，但追求着"民学"的自由和个性。在这方面的思考深度他是超过齐白石的。齐白石既给蒋介石画画，也给毛泽东画画。黄宾虹在这方面有更自觉的操守，他既不是那种徐悲鸿横眉冷对的态度，也不像齐白石那样的无所谓。而坚守着精神的更高远的追求。这与陈寅恪的"自由之思想，独立之人格"是完全一致的。"逸格"的形成取决于人格的超脱，黄在人格上更自由，因而也更超脱。

纵观任何时代，人性深处的东西是一样的。人存在于社会，必然有着诸多的约束和限制，比如权力，比如金钱，比如意识形态，还有社会生活方方面面的制约等等一整套社会性的价值。而这些又不符合艺术家渴望自由的天性，这便需要"逸"来平衡这种关系。

编：黄、齐二人同是那个时代非常优秀的画家，却很少交往，也是个可惜。

程：黄齐二人交往未见记载。黄宾虹跟傅雷交往更多。傅雷在20世纪美术史研究上几乎是一个空白，我个人认为傅雷是20世纪上半叶最重要的美术批评史家。他公正地、清醒地充分地看到了黄宾虹的价值，而我们今天对傅雷于美术批评的贡献还缺乏认识，这可能是20世纪意识形态的原因。傅雷虽然在法国留学，致力于法国文学和文艺理论的研究，但是他对中国古代画论的研究和体悟相当深刻。所以他对时风的尖锐而准确的批评至今振聋发聩。

他在1943年《观画答客问》中，对中国古代画论提出了清晰而深刻的见解。他对黄宾虹的成就有着充分的认识，他说："黄宾虹是集大成者，几百年来无人可比，是古今中外第一大家。黄宾虹先生如果在70岁去世，他在中国绘画史上会是一个章节；如果80岁去世，他会是一部书；如果在90岁后去世，他就是一部大辞典。"关于对中国画的鉴赏，傅雷有着很深刻的眼光和认识。

他还说："很多理论家包括大文人，他们心思才智极高，文情道养不浅，但艺术眼光常常蔽而不明，尤其对于书画，往往毫无见地。一幅行画、俗画，所谓'工笔牡丹大被面儿'，他们却张灯钉壁，读之津津；高谈阔论，终未了了……他们的学问修养真沉博，审美品格却极浮薄。"这里所谓沉博和浮博说明中国画也确实难以欣赏，不是学问一大便能懂画，但学问多比学问少好，离笔墨内蕴会近一些。

傅雷眼光如炬，犀利独到，他对徐悲鸿、张大千、齐白石、徐燕翔等都有直率中肯的批评，对黄宾虹可谓慧眼识珠。黄宾虹比傅雷大43岁，老夫妇俩还去给傅雷拜年。在给傅雷的信中，黄赞傅说："方今怒安先生精研画理，鉴别审慎。所著巨篇宏论，尤多发人所未发，

钦佩久之。"黄对傅雷的鉴赏力和褒贬率直的批评作风欣赏有加。傅雷可谓是黄宾虹的忘年知己。

编：中国画的笔墨语言是否本身就比较野逸，比较"母性"（包括他的工具材料笔墨纸砚等其实也都是取之于自然生态，也是"天人合一"），它一开始是为表达超然物外的情怀而诞生？

程：中国画的笔墨语言是随着观念来的。这个观念源自古典哲学，宋以后益发确定，成为笔墨内蕴。欧阳修《盘车图》曰："古画画意不画形，梅诗咏物无隐情。忘形得意知者寡，不若见诗如见画。"能够"忘形得意"是很少的，意是大概，但又是精神实质。沈括在《梦溪笔谈》中谈到："书画之妙，当以神会，难可以形器求也。世之观画者，多能指摘其间形象、位置、彩色瑕疵而已，至于奥理冥造者，罕见其人。"然后他接着说，予家所藏摩诘画《袁安卧雪图》，有雪中芭蕉。此乃得心应手，意到便成，此难可与俗人论也。""难可与俗人论"便是问题的实质。

中国画的笔墨观念一俟形成，就把自己跟世俗的审美观隔开了，这与文人士大夫的介入有关。在民间画中不这样，从彩罐到青铜器等一些实用美术中也不这样，民间艺术、原始阶段的美术更不这样，虽然它们的艺术成就也极高。而为什么到文人画的时候却强调"不与俗人论"呢？这到底是退步还是进步？我的结论是进步，进入了中国笔墨艺术更本质的状态。已脱离一般造型规律，有些疏离视觉艺术的常态。"得心应手"不只是熟练的意思，是独有心得，再造自然。"神会"是中国画的最高境界，这便注定心理修养和悟性的至关重要。恽南田《题石谷临九龙山人》云："心忘方入妙，意到不求工。点拂横斜处，天机在其中。"按照庄子的思想，天机是"绝圣弃智"后的发现。清王昱说"坐破蒲团，静参默悟"方能"天机活泼，迥出尘表"。黄休复云："夫观画而神会者鲜也，不过视其形似而已。"明代项穆云："苟非达人上智，孰能玄鉴入神。"这样一来，许多人一辈子也进入不了笔墨状态了。

中国历代画论说脱出尘表，就是不为大众服务，跟社会品味拉开了距离。然而中国画又是最人性化的，因为它有两大功能：养心修身之术和知世悟道之功。只不过他对大众提出了一个门槛的要求——大众必须要先改造自己，而不是去改造中国

1998年假日,在森林里写生　　2000年挥写之间

画,要把自己提升成有文化的、有境界感的,有操守的人,才能进入中国画。中国画对画家有人文要求,要"人"、"文"双修。对欣赏者的要求同样也要有"文","文"是进入中国画创作和欣赏的门槛,也是沟通画家和社会的桥梁。

中国画之所以能为大众接受,是因为它的人性指归的是"至善"。既然是养心修身之术,谁都不会排斥,是人性的需要。面对宋人山水,可游可居,可静心畅神,坐游万里、精骛八极,进而进入一种恬淡虚无,精神内守的状态,也即"入静"的状态。老子说:"静胜躁,寒胜热,清净以为天下正。致虚极,守静笃。万物并作,吾以观复。"中国画就是让人静下来的艺术,它不表现战争,不表现血腥,不表现暴躁,也极少表现焦虑。它追求至静至远,调和天人。这种艺术观念源自老子思想,无所谓消极积极。今天人类的生存环境中,生态恶化,空气污染严重、社会压力那么大乃至有人会跳楼,中国画不啻是一剂镇静剂,是慰贴人心的良药。

徐复观《中国艺术精神》有段话说得好:顺着现实跑,与现实争长短的艺术,对人生、社会的作用,正是"以水济水""以火济火",使紧张的生活更加紧张,使混乱的社会更加混乱,简直完全失掉了艺术所以成立的意义。

中国画启示人养心修身,知世悟道。孔子说"见山思仁，见水思智"，醉心于看画的人远离势利，离善境更近。一时达不到，但能使人向而往之。"成教化、助人伦"，是艺术的社会功用。而最大的"教化"与"人伦"便是向善。

回到"逸"的悖论问题。有个叫赵汝珍的人写了篇古玩方面的文章《品玩》，其中说："中国人对书画、文物的喜欢实系专制政体逼出的康庄大道。"在中国古代，文人"达则兼济天下，穷则独善其身"，独善其身无所谓积极或消极，即便是董其昌官居高位，他也雅好书画，闭门沉溺笔墨以调剂他入世的烦恼。这便是"逸"之所以为"逸"，同时还有一种平衡的作用。

2010年摄于台湾太鲁阁。此地不可久留，巨石会随时滚下。

编："逸气说"所强调的主观精神的统一与外化，强调山林之想，强调远出尘表，这样的精神追求与古代士大夫或说文人兼济天下的人生理想是否冲突呢？

程：不矛盾。兼济天下也要修为，也得益于琴棋书画的润泽和调适，达士往往更重修为，这种修为伴随着中国知识分子一生，修为和怡悦相倚相存，无论达还是穷。达人是少数，不达的更多，不达似乎离山水更近，更能"悠然见南山"。这就是为什么中国书画在知识分子这里一直有着传统。从修为角度来看，不管进退，无论达穷，书画都是修为的极佳手段。

编：由"逸品"或"逸气"所发展衍生出的"文人画"传统，作为古代文人的寄兴书画的目标，反映在作品上则体现出一种潇散淡远，但潇散淡远是否既是中国艺术的全部？民间艺术、画院作品、职业画家

作品是否也有对"逸"的体现，还是和传统"文人画"完全对立呢？

程："潇散淡远"不是艺术的全部，它是中国笔墨艺术进入成熟阶段以后的一个重要特征。任何一个艺术形式都有走向成熟的阶段，具备很强的程序法则。中国书画有，芭蕾舞也有，交响乐、京剧都有，无论中西都一样。我们如果在芭蕾舞里面硬要加个跟斗，就很失败。同样，你在京剧里头要加进钢琴，也违背规律，推广不了。

编：这个时代若要出"逸"品，您认为是溯源复古，还是力图革新？是否会有一种不同以往的时代精神？

程：我认为艺术没有革新问题，也没有复古问题，"艺无古今"不是我说的，是谢赫说的。艺术无古今新旧，只有巧拙。《古画品录》云："迹有巧拙，艺无古今。"东西不必二元对立，古今也不必二元对立，非此即彼的判断，使我们困惑了将近一个世纪，做了很多傻事。黄宾虹，沟通了东西，也沟通了古今，这就是艺术的本质。中国画之所以19世纪末以来出现了"衰退"，是因为1840年鸦片战争后西方文化的始料未及的涌入。西方强势文化涌入中国以后，使国人动摇了对本民族文化的自信，有人甚至连汉字也怀疑。至于元以后中国画走向衰落的理论我认为是错误的，元明清是中国画继续的发展与成熟。"衰落"说是20世纪庸俗社会学的污染，二元论和阶级对立学说害了中国画。直到今天我们还在关心中国画是一级学科还是二级学科。这种学科的划分就是西方思维。在柏拉图时代，学问是通的，孔子时代学问也是通的。没有什么一级学科和二级学科这种分类。我尊重人类所有的智慧。我尊重并欣赏西方艺术，但我更爱本质上的中国画，因为这个本质上的中国画与我的基因更贴紧。

时代精神无是非高下，艺术自有艺术的自身规律。科学带来发展也带来了诸多的烦恼，生态环境越来越差，资源越来越少，对自然山川的向往必然成为人类的共识。

"刻意求新"在我的文章里是个贬义词，尤其在中国笔墨文化里。一刻便有做痕，一做便落下乘，刻意打造往往走向问题反面，违背艺术规律。中国画最高境界就是"自然"二字，是因为"天人合一"的终极理想形成了自身的规律。中国画论没有"创新"这两字,有传承、继承、独到。人的基因有差异,准确地表达自己,个个都"独到"。正确地领悟前人的智慧,又能够在山川自然中有自己的感悟,便会"独到",真实地表达了自己,肯定是新的,不是"创"的,也不是"求"的,是流出来的,下意识的,是水到渠成,"刻意"、"苛求",终不是高境。

石涛在他的《苦瓜和尚话语录》中特别标明:笔墨当随时代。在我看来,笔墨可以随时代,也可以不随时代。笔墨即是一种永恒的精神,表达自己就行了。山川永恒,在表达这个"永恒"的时候,因人而异,便有了所谓"个性"。但这个"个性"不是"贪奇"。昔人谓"笔墨贪奇,多造林丘之恶境"。纵观人类发展史,"时代总是短暂的","笔墨随时代"是后人回望观历史的时候发现的客观规律,而不是事先的"设计",刻意追求"笔墨当随时代",丢了真我,也丢了自然。佛教说"自在",大约是我自己在,这是最自然的状态,笔墨的至高状态大约就是这个"自在"。

编:听您一席话,感到传统仿佛断裂了。那么真正的中国画家所应该具备的修养是什么?

程:笔墨文化与人文关怀相连。培养独立人格,学会阅读思考,要有担当意识,要有自我反省意识。艺术家只知名利是狭隘的,人都喜欢权利和金钱,但权利和金钱腐蚀着艺术。中国传统士大夫精神有极可贵的担当意识,这是传统的重要部分。中正至大。人正笔才正,胸怀大了,笔墨自会不同。

沈宗骞在《芥舟学画篇》中说:"从事笔墨者,初十年但得略识笔墨性情,又十年而规模粗备,又十年而神理少得,30年后才可几于变化。",沈氏还为这30年立下几条从艺的原则:"一曰清心地以消俗虑;二曰善读书以明理境;三曰却早誉以几远道;四曰亲风雅以正体裁。具此四者,格不求高而自高矣。"这简直不是在谈艺术,是在说如何成为一个君子。这就是中国画,就是中国笔墨的规律,这与西方人论画真是风马牛不相及。然而,这就是传统。

文征明说:"人品不高,落墨无法。"人品与时代无关,我们自己说自己的时代精神多么伟大是没有用的,时代急功近利,并不影响我们个人的修为。当一个人具有自我反省和自我批判意识的时候,人格就渐渐独立了。独立人格是思考的基

在天山牧场，2005年于新疆

础，对传统的学习大约从这儿起步。

谈中国画不能离开书法，不只是技的层面，道的层面也一样。书法是中国文化的精髓，书法是中国人独特的文化基因，笔墨是中国人独特的"文化密码"。

林语堂在《吾土吾民》中说："中国书法作为中国美学的基础，中国的各种门类……对韵律的崇拜，首先是在中国书法艺术中发展起来的。"

王国维在《汉魏博士考》中说："汉时教初学之馆，名曰书馆，其师曰书师，其书（课本）用《仓颉造字》《凡将》《急救》诸篇，其旨在使学童识字习字……汉人就学，首学书法，其业成者，得试为吏。"

以书写的工美作为取士选拔的标准，遂使中国成为书法的国度。到了唐代，则将书法纳入行政法规：《唐书·选举制》中说："凡择人之法有四：一曰身——体貌丰伟；二曰言——言辞善辩；三曰书——楷法遒美；四曰判——文理优长。"

从正楷的功底决定一个人能否进入仕途。辩证地说，这样的国情和传统真的不利于科学的发展，但恰恰是造就艺术最好的环境。恰恰是这种生态，使中国艺术灯辉月满，自成体系。

现在很多中国画家说书法是书法，画画是画画，这很可悲。古代的书法是中国最基本的文化形态，也视为一切艺术的根基。蔡邕说："书，散也"，它自由，不受于形，在书写的点画提按之中表达情感，自由自在，这观点来自于中国哲学、中国人特有的思维方式和情感，也因此造就了中国人特有的艺术。

把这个书法的观念引进入到画中，就是直接天地的中正观，观照万物的通变观，深入万象的力度观。黄宾虹管书法叫力学，这个都得体现到画中去，这就是书法为画所用的地方。传统中国画一从思想入，二从书法入，中国画家一生都重涵养，是养出来的。中国画重藏不重显、重涵不重露，就是哲学观使然。

黄宾虹说画求内美，非常人所能见。明代画家恽向，画作备受众人称赞，回家便将此画撕了。他觉得自己画肤浅了，一眼让人看懂了。黄宾虹文中提及此事，认为恽向求内美，不务外观。而对内美作品的欣赏是需要时日的，炼得一双慧眼，如白石所说："有眼应识真伪，"是需要休养和积累的。

2006年夏于武当山顶

傅雷的《观画答客问》也说："一见即佳，渐看渐倦：此能品也。一见平平，渐看渐佳：此妙品也。初若艰涩格格不入，久而渐领，愈久而愈爱：此神品也，逸品也（在这里，傅雷把逸与神并列，但逸还有更独特处）。观画然，观人亦然。美在皮表，一览无余，情致浅而意味淡；故初喜而终厌。美在其中，蕴藉多致，耐人寻味，画尽意在；故初平平而终见妙境。若夫风骨嶙峋，森森然，巍巍然，如高僧隐士，骤视若拒人千里之外，或平淡天然，空若无物，如木讷之士，寻常人必掉首弗顾：斯则必神专志一，虚心静气，严肃深思，方能于嶙峋中见出壮美，平淡中辨得隽永。惟其藏之深，故非浅尝所能获；惟其蓄之厚。故探之无尽，叩之不竭。"这段话对中国画认识之深刻，在20世纪极少有人达到，今天的画家实在应把这段话作为座右铭。

不只中国画，中国的艺术都追求这种内美。画道通人，这也是我的一个体会。

编：孔子说："古之学者为己，今之学者为人。"相比于古之学者，我们缺少什么？

程：缺少君子之德。与前贤比，我觉得自己粗陋不堪。整个时代缺少自律、担当和反省，缺少沉静与执着。品和格都缺失，自卑没用，要见贤思齐。中国的文化是人格的文化，对人的欲望是有约束的；西洋的文化是人性的文化，在人性张扬中寻找自我价值的存在。两种文化无高下，来源不同，形态也不同。

虽然石涛的"我之为我，自有我在"跟尼采的"上帝死了"和贝多芬的"扼住命运的咽喉"如出一辙，但石涛所言还不是中国文化的本质，它只是其中的一种现象，不是主流精神。尼采的强调个人意志后来成为西方的主流精神，人性在西方被空前地尊重，包括人的创造性和七情六欲都是重要的。毕加索的后面跟着一群女人也没有任何道德负担，还有了更多创作的激情。报纸批评他，他也无所谓，"我之为我，自我有在"，他的荣辱观是自由的，简言之就是个人至上。他的艺术发端于此。

中国的文化与此不同，人格的强调贯穿于作品中。我们讲"格"，孔子时代就把"格"给规定了，"格"最高的指向就是"仁"。"格"有高低，画论认为"格"高画高，"格"低画便低。古代士大夫一直很自觉地要求自己要有"格"并且成了自觉的操守。对欲望的放纵与对品格的要求之间存在着矛盾，在这个矛盾的折磨中，就有了修为的要求。任何的宗教都控制着人的欲望，人的欲望如果不控制会泛滥得不可收拾。中国古代的"格"就是控制欲望的手段。

艺术实际上是一种宗教，中国的艺术同样有某种宗教精神，它通过人对欲望的释放和控制使人在"韵"的通道里散步并寻找天地精神，独与天地精神相往来，我认为这就是"艺无止境"的道理。

编：实用主义美学泛滥之后的艺术创作，失掉的不仅是艺术性，更是艺术家主体精神世界和个人情感的沦丧。那么传统艺术的好处或意义在什么地方？今人该如何面对当今社会审美的影响与传统艺术精神表现之间的平衡？

程：艺术是平衡人性对自由的渴求和社会约束之间的一剂良药，也是平衡宗

教情结和人的欲望的手段。六朝时讲"澄怀观道",就是把心掏出来洗得干干净净,连火气都没有了,进入了佛陀的境界。管好自己的这颗心,"静观花开,可得神仙",如此必能见贤思齐,心会与古人近一些,我们的画缺古意是时代使然,康有为说古意就是真、朴、简,很直接明了。

关于"今人该如何面对当今社会审美的影响与传统艺术精神表现之间的平衡"?我认为画家不必过多考虑社会审美需求和意识形态的影响。"文革"时意识形态捆绑了艺术家的思想,后来的"改革开放",金钱多了,同样捆绑着艺术家的思想。艺术家得弄明白这个问题。"笔墨当随时代"的一个消极影响就是使得画家一味地跟着时代在跑,跟着意识形态跑,丢掉的只能是艺术本质。

不久前,我在故宫看石涛上人的《搜尽奇峰打草稿》长卷。该卷正好与龚贤、王翚、吴历三位稍早于他的同时代人的长卷一并展出。龚、王、吴三人较之石涛多出的是沉逸之气,颇得"慈容道貌"、"仙风道骨"。大涤子则刻意求新,无限张扬,点线时露荒率,全无内美趣味。若论笔墨,大涤子显然已落下乘。比他晚出生136年的画论家汤贻汾在解析笪重光《画筌》时写道:"笔墨贪奇,多造林丘之恶境;丹青竞胜,反失山水之真容。寻常之景难工,工者频观不厌；怪僻之形易坐，作之一览无余……"这个观点正好在批评石涛。

石涛被奉为神明是20世纪的事情。20世纪的时代精神是反传统和创新，极力提倡"笔墨当随时代"，于是花样迭出，传统黯然。殊不知，即使是力主创新的石涛，晚年也有跋语"画家不能高古，病在举笔只求花样"以警示世人。今天是花样为时尚的时代，人人力求"开拓创新，引领时代"，浮躁是必然结果。

在"救亡图存"的20世纪初，必须重新审视传统文化，这一点都没有错。但对传统艺术规律的否定使国人吃了一个世纪的苦头。

即使让西方人评说一下，他们也不会认为19世纪以前的中国画比今人低，这是个睁眼就能看到的基本事实。断裂，就是20世纪以来中国传统绘画的现实。黄、齐虽高，但已不是"时代精神"。

在如此的当下，奢谈"逸格"已成荒谬。即使欣赏这道风景，也必须静下来，淡下来，慢下来。至于弥补断裂，大约是几代人才能完成的事。

时间：2011年11月29日
地点：程大利寓所
对话人：马 龙　李作港
文字整合：李作港　马 龙

学习黄宾虹，向传统深处开掘
——与马汉跃先生的对话

马汉跃（以下简称马）：您曾在美术编辑的工作岗位上工作了许多年，在工作之余还创作和发表了大量的艺术作品和文章。请谈谈您所从事的编辑工作和您的整个艺术的创作过程，以及几十年的工作对您的艺术创作有什么影响？

2010年2月与马汉跃先生在紫庐

程大利（以下简称程）：我60余年的生涯很长一段就是编辑，从30余岁一直到退休。编辑工作实际上就是阅读、判断、选择、思考。所谓阅读，是读稿子。读稿子之前要读书，扩大阅读领域才能对稿件做出正确的选择。选择的前提是判断，判断错了就选错了。判断和选择都需要眼光，这个眼光既是经验的积累也是思考的结晶。编辑是一个勤于思考问题的人，制定选题要思考，编辑期刊也要思考，每一期的重点是什么，办刊宗旨是什么，定位是什么，都需要思考。思考能力是锻炼出来的，思考和选择都建立在眼界和积累的基础上。

这四方面的问题，最核心是选择。选择不但是编辑工作的关键，整个人生都在选择。我为什么选择山水画？我为什么选择黄宾虹作为研究对象，黄宾虹的艺术道路是我研究中国画的基础，这个选择我认为没有错。

对于编辑来说，阅读量非常重要。作为美术编辑要关注美术学科的前世和今天，关心这个学科的发展。不但要学习中国的历史，还要学习西方的历史，要尽可能多地接触这个学科古今中外的各方面信息。我的阅读量是比较大的，文艺学，包括文艺批评，甚至思想史的最新研究成果，以及美学的、哲学的，视野所能及的总是开卷有益。"好读书而不求甚解"就是我的读书状态，要求甚解，在一个地方深入下去，那我就什么都不能干了。我读海德格尔，读福柯，读鲍德里亚，只能点到为止，但确实是有用的。尤其是作为一个总编辑。

马：除了绘画之外，我还注意到您的阅读面非常广泛、宽博，艺术、哲学、历史，尤其对文学有着更独特的兴趣。这是否也跟您常年从事编辑工作有关？

程：我对文学很关注，这是对社科和艺术编辑的要求，对画家不必有如此的要求。编辑必须要有综合知识，选择和判断必须建立在大量阅读的基础之上。

大量的阅读开阔了自己的眼界，使我回过头对中国的历史文化、对中国经典的价值有了更深的认识，有时换一个角度来看它，会把问题看得更深刻些，这是当编辑的好处。这几十年编辑的工作丰富了我的积累，开阔了我的心胸，提升了我的眼界。在这个前提下，我再拿笔画画就少走了很多弯路，减少了许多精力的浪费。

马：您平时工作中用大量的时间来读书，而且读了这么多的书，请问您是怎样安排自己工作和艺术创作的时间的？

程：我一般是白天工作，晚上和星期天画画。每天睡五六个小时的觉，常年如此，一天三个小时画画足够了。从年轻的时候就感觉到，一画画反而轻松下来，觉得画画是最好的养生方式。从那个时候我就对以拼搏的精神画画的观点很怀疑。当然，现在画画的时间很充裕了，更不需"拼搏"。

马：有很多画家绘画的劳动强度太大以至于最终影响到自己身体的健康，中国传统文化精神中似乎并不提倡这样的工作和生活方式。

程：中国的艺术强调养气，尤其文人的艺术是"闲"出来的，是从散淡悠闲中陶养出来的。"修身、齐家、治国、平天下"，这条路上充满拼搏、竞争，实现"兼济天下"理想的毕竟只是一部分人。很多人非常失意地退了下来，被排斥在功利大门之外，这时有一个东西在等他，就是老庄哲学。在这些退和隐的一部分人中，琴、棋、书、画成为生活的主要内容。以琴棋书画这种修养的方式调节身心，让心绪回到自然的状态，同样可以成就大艺术家。就是说"达"和"退"都能成为艺术家，关键在于心态。

马：这也是我国古代山水诗歌和山水绘画产生的一个原因，关于山水画的发展历程，它背后的思想情感和人文精神是很重要的原因。

程：但仅仅从这一点上来理解中国的山水文化，那就把中国的山水文化看低了，中国的山水画绝不仅仅因为失意了才去理解它。要把山水画画好，必须进入一种自发的对大自然的挚爱，而且自觉地把自己的身心与自然融为一体，把自己的人格陶冶放入天地自然之中，当作是大自然对心灵的要求，这样你才有资格"与天地精神相往来"，才能画出好画，这就比较难了。

很有趣的一件事是，在追求人格完美的过程中，越追求人格的完善，离功利的目标越远。这也是一部分人进入诗歌、绘画高境的原因。往往是进入这一境界的人有希望成为君子和圣贤。这一批人中往往产生了大师，他们创造了文化的高峰。所以大家后来会忘掉楚怀王、唐太宗如何如何，而记住了屈原和李白。所谓"屈平辞赋悬日月，楚王台榭空山丘"。越接近这种精神的至高境界的时候，离世俗的功利越远。所以，艺术是可以让人进入纯粹之境的。

马：我们了解到您早年的创作是丰富而全面的，除了山水画还有人物画和一些具有实验水墨性质的作品。所有这些创作和探索都有一个共性，那就是您始终关注着中国笔墨文化的精神价值。

程：笔墨文化是中国特有的，对笔墨的敏感似乎是中国人与生俱来的天性，而文人更把笔墨文化推向理性高度。《周易》的"易"是变，《易经》最早阐发了艺术的辩证关系。刘勰以"易理"为框架，建构为洋洋大观的体系，生出两仪之说，三才五行之论。验证着"一阴一阳之谓道"，天和人等两极辨证的关系。人们努力

寻找一种和谐和平衡。从这点出发,中国艺术的本体规律被总结出来了,这就是笔墨的辩证法。"以一管之笔,拟太虚之体"这是宗炳的话,太虚就是我们说的道,道是什么?是中国艺术的最高境界,人和自然的关系,人和自身的关系,人和社会的关系,这种关系的核心就是道。中国艺术最重一个道字,这确实很神圣,把问题说得很高又非常明白。中国哲学似乎天生就是为艺术而设计的哲学,中国哲学不是用来发展科学的,而是成就艺术家的。

中国的笔墨文化精神体现着自然规律,注定了它的先进性,用今天的话来说是讲究生态规律、讲究环保和绿色,代表着人类未来。中国的艺术是从这儿来的,笔墨文化是从这儿派生出来的。既然是一种"独与天地精神往来"的心灵要求,它

的最高指归不是图形，而是心象，是观道之后表现出来的心象。如何才能看到道，宗炳说要"澄怀观道"，这就提出一个人格的问题，中国的文化是人格的文化，这个格不仅仅是品德，也是言谈举止的格调。对中国艺术最大的批评就是一个字"俗"，在中国古人看来，一有匠气，人就"俗"了，没得医了。当然也有去俗的办法，就是读书，董其昌、黄宾虹等反复谈到这个问题，这就对心灵提出要求。再加上中国的笔墨文化天生对人格有要求，一千五百年前的谢赫在《古画品录》中谈到气韵生动和骨法用笔，唐代张彦远谈到"生死刚正谓之骨"，生死刚正是人格要求。书法行笔忌尖、忌滑、忌流、忌浮、忌轻、忌薄。做人又何尝不是如此呢？用笔如做人，要实、要厚、要重、要沉、要拙。拙比巧好，重比轻好，沉比浮好，厚比尖好。宁拙勿巧，巧是小聪明，拙是大智慧。黄宾虹是大智慧，他在世的时候名气不大，说自己的画五十年之后方有定评，他预见到了。可染先生说"三百年来若论笔墨，黄宾虹先生是最优秀的。再过三百年，他的地位会更高。"亚明也说到这个问题，再给他多少多少年，他会做哪些事，他们是有智慧的人。

中国山水画有人格要求，要求人要具备澄明、朗澈的心胸，这样眼里看到的大自然才是干净的和纯粹的。一个深刻的人，一个清澈的人不会把山画得脏兮兮的，不会把汽车开到山里头去的，因为那样不环保。所有的环保先从心灵开始。认为把汽车开到山里去才是好画，才能表现生活，只能说明他的肤浅和教条，喜欢刻意，这不符合中国艺术最本质的规律。中国笔墨艺术的本质就是三个字，"不刻意"，不刻意就叫自然，自然是大道，大道才是宇宙的本质，这也是笔墨文化的规律。

马：笔墨文化的本质规律内涵和外延都很丰富，这就如同我们平时所谈论的传统里面其实也有创新，继承之中也有扬弃一样，它是非常辨证的一种思维模式，这也是中国文化特有的。

程：中国文论和画论讲创新和传统从来就不是二元对立的，是一体的。传统的每个细节里都有新的因子，要不然传统就终结了。青铜继承了彩陶的传统，汉画继承了青铜时代的传统，新和旧，传统和创造是一个问题的两个方面，原本是一回事，今天的人非要把它搞成二元对立，把传统和创新对立起来，把东方和西方对立起来，把新和旧对立起来，在艺术观念上，人为地制造出鸿沟，这是思维的简单化。以简单的二元论判断新好还是旧好是很愚蠢的，新是历史的过程，美才是永恒的东西。新是时间概念，新只要符合美的规律，就能永远存在下去。不符合美的规律，会很快被人遗忘。林散之的字已经不新颖了，但肯定永远存在，林散之的字今天成了我们的传统，传统从来都是把新和旧包容在一起，融合在一起，然后形成一个审美系统，这个系统会一直延伸下去。

笔墨文化自身规律是天人合一，是道的一致性，人和画的一致性。"通会之际，人书俱老"，这是笔墨文化的规律；大器晚成是笔墨文化的规律；画如其人，书如其人是笔墨文化的规律。涵养心胸是很重要的事。养气、养人，从而养笔墨、成就作品，这就是笔墨规律。它不为形役，很超脱，它追求心象的东西，讲求气韵。气韵是什么？是生命，每个字每笔画都有你的灵魂在，看你的字能感受到你的体温，不是冰冷的，毫无生命的东西。苏东坡说"作诗必此诗，定非知诗人"。笔和墨，是有言外之意的，书法和绘画都是如此。

马：我国古人在讲论艺术品评的时候提出"神妙能逸"的概念，其中"逸格"最高。这种"逸"代表了主观心灵与客观宇宙山川的通融交合，是一种出世、超脱、绝俗、远离功利、远离世俗的状态。其实世俗不是不好，世俗有很多好的地方，但从中国古代的哲学看来，这种东西侵吞了艺术的价值，这种东西动摇艺术根基，是异化艺术和艺术家的力量，所以中国传统艺术家从来是很警惕世俗的。这里面有一个世俗和通俗的区别问题，很多时候它们并不是一样的，这也需要辩证地看待。

程：文学可以通俗，戏剧可以通俗，书法和文人画不能以通俗不通俗论，很多民间艺术，俗得可爱、大俗大雅，带有原始的气息。还有岩画、剪纸等，那是大雅的东西。书画艺术的高境界不是以是否通俗作为标准的。古琴没法到社会上表演，而且它有"十不弹"的说法，被认为高雅。书画，尤其是文人画一定要雅，雅是书卷气、诗意和金石趣味等。做到雅俗共赏当然好，但很难。雅俗共赏绝不是庸俗，庸俗是书画的大敌，是要努力避开的，这又涉及到人格和人品问题。

马：古琴的"十不弹"有些像听交响乐一定要着正装一样。

程：对，是这个意思。中国画绝对不能俗，苏东坡不太瞧得起范宽，苏东坡说，"范中立画略显俗气"，俗在哪儿没有说。可能指两点，一是他画得太写实，再一个大约是画了人物车马,有"生活气息"。生活气息在苏东坡看来就是"俗",所谓"人间烟火"。古代山水画强调"不食人间烟火",先别急着批判,要想一想,古代山水画为什么会有如此的主张呢?远功利简而言之就是避俗,远功利,淡于功利。"多读书以清心地""多读书以消俗虑",古人认为这是避俗的办法。

马:这种世俗化的影响在当代很普遍,很多人在这方面存在问题。

程:二十世纪的中国画大大地功利化,并且庸俗化,离中国画的本体精神很远了。中国画的本体精神是养生,养心,养性的,提升境界,使人愉悦和充实。同时也使人平淡,从容而安祥,这正是一种传统文化中的文明状态。

马:很多人一直在谈艺术要如何为人民服务,但这并不是说仅以世俗的方式去为人们服务,它应该是高雅的,为人们带来美好感受的。为人民服务是个时代课题,有个如何理解的问题。

1984年太行山写生册之一　程大利

程：艺术如何净化人的心灵？首先应净化自己的心灵，从而使别人愉悦，使社会健康和文明，这就是为人民服务。面对一幅优秀的作品，心会静下来，让人进入平静而安祥的状态，有利于身心的怡养，这也是为人民服务。高雅的书画艺术看不懂不要紧，放在博物馆里你的孙子看懂了，同样是为人民服务。

马：现在正在展出全国第十一届美术展览的入选作品，就目前我国主流展览所选出的这些作品来看，您觉得当前的艺术家在创作上还存在什么样的问题？

程：第十一届美展的中国画部分较充分地反映了我们生活的时代，题材广泛，许多重大题材入画，尤其是人物画，表现功能较传统而言大大拓宽，形式的探索也超过了前人，中国画的边界正在无限扩大。回顾近几届全国美展以及其他的一些中国画展，当代中国画创作尤其是花鸟画、人物画创作领域中工笔画的比例愈来愈大。但也应该注意到当代工笔画创作中逐渐凸现出来的缺乏传统修养和功底，趋于概念化的表现模式，以及过度追求写实而忽视笔墨质量的制作化倾向愈来愈严重，中国画的边界越来越模糊，如此下去，会动摇中国画的文化身份。这是应当引起注意的问题。

明确中国画的文化身份，确立对自己民族文化的认同感，应成为中国画画家的自觉意识。中国画的审美标准关系到中国画的未来，如何重新确立中国画的审美标准，续接文脉地发展将是我们面临的时代课题。

马：书画艺术在它的源流上并不是完全为了艺术而创作，它是大众的，是具有实用性的，它是经过后代文人的介入之后才慢慢向艺术转变的。

程：是的。由于文人参与了这个活动，使它有了更具特色的艺术性。中国书画的特点，第一是文人性，创造和欣赏都具有文人性；第二是诗性，诗性东西方都有，在中国画里对诗性要求更严格，诗性是必须的，没有诗性的书法和绘画是没有韵味的；第三个是笔墨性，是特定的材料和技术要求。

马：文人性和笔墨性曾有很多人提及，您刚才提到的中国书画艺术的诗性，论述者并不多。不过对中国的书画艺术进行深度思考的时候会发现，诗性是中国传统艺术的一个重要特点，诗性不单纯是诗歌的语言形态，而是内在的、艺术精神层面上的一种与诗歌艺术的相通。

书斋之一　　书斋之二

程：是内在的，不是直白的东西，中国的书画家必须要具备诗人的气质。从这一点看，郎世宁的画就不是地道的中国画，有些"论画以形似"的味道。在我看来《康熙南巡图》一类的画都要打一个折扣，石涛较之八大、青藤要逊一筹，因为石涛骨子里有一种风头甚健，急于得到认可的世俗观，外美超过内美，伤了境界。

诗性是对画家本人的才华和才学的检测，是书卷气息和对中国画深层的理解，甚至有人品因素在其中起作用。中国画绝不能就事论事，绝不能看图识字，绝不能作为生活的图注，画山水也一样，要画出山川的灵魂，画出山川在呼吸，在思考。

马：您刚才提到"内美"的概念，我们知道这是黄宾虹先生一生都在追求的艺术高境。黄宾虹是近现代山水画的一代大师，请您谈谈他的艺术对我们当代艺术家的影响？

程：黄宾虹是一个说不完的话题，有人觉得目前黄宾虹过热，我觉得不必过虑。我们应该研究黄宾虹是怎么成为黄宾虹的。要研究黄宾虹的艺术道路，要研究黄宾虹艺术思想带给我们的启示，特别是在今天我们对传统反思了一百年之后，我们把黄宾虹和林风眠、徐悲鸿，甚至包括当代的吴冠中比较之后，我们会思考一些问题，这对我们在今天确定自己民族的文化身份，进而弘扬我们这个民族文化中最优秀的那一部分遗产是有意义的，而不是仅仅拿黄宾虹的画临一临，这远远不够。研究黄宾虹的艺术道路和黄宾虹的艺术思想，最有利的条件是他给我们留下了四千多件作品，和六卷本的文集，还有黄宾虹在神州国光社编辑的《美术丛书》等。这些东西浓缩着黄宾虹对中国传统艺术的见解。我们说黄宾虹是中国传统艺术的集大成者,他是用自己的眼光看传统,从而消化传统。他认为中国画的最高境界是藏、蕴、涵,而不是露、扬、显。中国画不追求张力,表现力,但它十分强调笔力,所谓"力透纸背"、"笔力扛鼎"。黄宾虹把这个力量说成是"内美"。黄氏有论述:"造化有神韵,此中内美,常人不可见。画者能夺得神韵,才是真画,徒取形影,如案头置盆景,非真画也。"内美,用笔创设境界是至关重要的。

要内美得有书法的修养,书画之美"非笔墨无所见",用笔一定要有篆籀之意趣。只写行书画不出好画,只写草书也画不出好画,一定要通篆籀,什么是篆籀之美?上古三代、六书、古籀、钟鼎金文中那种拙、那种辣、那种顿挫感,一波三折,含蓄简练,并不潇洒。静、慢是中国书画的本质状态。即使激情蓬勃的东西骨子里支撑的依然是静的力量。"宁静而致远",惟静才能深,也惟静才能远。所以黄宾虹认为行笔不能快,它不讲效率。中国画的状态是安祥的,从容的,散淡的,疏于功利的,心气平和的。王维因沉静而出淡逸之趣,苏东坡也如是,宋元人都很静,到了沈石田、文征明及后来新安诸家都求"静"之境界,黄宾虹、林散之都能遥接古人心,境界甚高。

我有时反思自己离这种状态太远了,常常思考原因何在。在于人的问题,还在于"格"字。黄宾虹艺术最核心的东西是强调笔墨的内美力量,这与中国文化核心的东西是一致的。黄宾虹对中国画的研究是深刻的,所以他的文化立场非常明确。他是一个有着民族精神的人。民族精神不是民族主义。黄宾虹认为就高度而言,艺术无东西之分,黄宾虹的艺术很具有当代性,与西方的大师有许多共通性。

黄宾虹对中国文化的文脉关系梳理得非常清楚,说中国画"舍笔墨而无它",笔墨已从技法层面被提升到精神层面,笔墨是中国文化身份的标志。中国人有自己的文化身份,应有自己的文化认同感,这个文化认同应是清晰而坚定的。造型、解

剖、透视西方都有，线条西方也有，但表现主义的线条绝对不是中国的线，绝对不是中国书写意味的线，中国书写性的线是具有特定的文化要求的东西，是学识、修养、积累的结果，是带着辨证规律的提、按、顿、挫、浓、淡、干、湿的能记录下心性的东西。中国画的线条是精神的载体，也是中国画家人格的载体，负荷很重，当然也十分丰富。

马：您以上所提到的黄宾虹先生对笔墨概念的阐述，以及对传统、对文化的评价都很精深，我们有必要重新把黄宾虹先生这样一种治学的精神重新提出来，不仅是单纯地对绘画的理解，更重要的是他对传统文化的研究和领悟，这也是当代画家所应该思考的问题。

程：我认为黄宾虹是二十世纪最优秀的编辑之一，他在神州国光社和商务印书馆的工作，对近现代美术出版做出了重大的贡献，当然他又是最优秀的理论家，最优秀的画家，还是鉴赏家和教育家。他对书法的贡献也是极大的，以行书论，20世纪还没有谁在他之上，他是不刻意成书法家的大家。他比吴昌硕老拙辛辣，他的信札遗存可以视作20世纪行书的高峰，其雍容浑朴，法备而又自如，超出明清的很多人。

马：黄宾虹的理论，以及他的忧患意识对当下来说仍然非常有意义。文人绘画末流和市井气是导致清末绘画弊端的根源。他所强调的传统不止是我们所讲的明清以来的绘画传统，也不止是"文人画"的传统，而是宋元的传统。对宋，他主要推崇的还是五代和北宋，然后是元人的传统。后来提出的对道、咸金石家的关注，这些金石家诗文好，书法好，他们不以绘画当作职业，所以他认为文人里就只有金石家的东西值得提倡，这种提倡不是终极追求，他认为中国绘画式微并不是"四王"保守所造成，恰恰是偏离了正脉。五四以来，启蒙运动开始，对以往传统的全盘否定成为一时之风尚，您如何看？

程：准确地说，中国至今也没有启蒙运动。启蒙运动绝不是割断传统。人类文明发展规律是一代代传统的续接，续接中有变化和发展。中国画更具特殊性，因为中国画的程式规律很强，从观念到工具材料都有自身的规定性，这也是一种成熟的艺术形态的标志。它与西洋画完全不是一回事，用"造型艺术"的大框还框不下它。它是区别于西洋画独立存在的艺术品种。康有为攻击文人画不遗余力，他说："惟模山范水，梅兰竹菊，萧条之数笔，则大号曰名家……盖中国画学之衰，至今极矣。"并开出药方——"合中西可开画学新纪元"。一个世纪以来，这种以写实精神改造中国画的理论成为时代潮流。结果呢，西方画家早已不写实了，而重视表现。西方人并不以重写实精神的当代中国画为然，倒是传统的中国画成为充满物欲的现代社会的清凉剂。无论东方人还是西方人，人们还是喜欢看清代以前的作品，珍视"画学新纪元"以前的艺术。

中国画重修为。人法地，地法天，天法道，道法自然。人与自然高度和谐一致才可能有好的笔墨出现。贡布里希《艺术与人文科学》里的观点概括不了中国画。中国画是中国古典哲学的衍生物，是中国人自己的思维方式，是非常中国化的东西，但我相信西方人能理解，能感受到笔墨中的最微妙的那一部分，最微妙的那部分就是正脉。

马：黄宾虹晚年谈到"国画养生"，很有意义。有的画家为画累死，有人说是为艺术献身，实

2008年观周韶华先生作品

则这是对生命的不珍惜。

程:为艺术献身是西方的观点,中国画不是这样的。中国人讲调息,讲跟天地共生存,追求和谐统一。西方强调张扬个性,更强调人性的文化,而中国人强调人格的文化,这个格不仅仅是道德,也是品,以逸品为高境。中国画表达的还是逃离世俗和追求永恒,出世似乎是中国山水画根性的东西。中国山水画是很排斥社会的,认为离社会越远越好。虽然,"成教化,助人伦"的功利观世代都有,但中国画最本质的那部分内容是"独与天地精神相往来"的"逸"的精神境界。中国画可以用来表现重大题材,历代都有"重大题材",但它最擅长的还是对自然山川本质的讴歌,最擅长的还是意象的抒发而不是具象的描绘。这就是古人说的"心象",是一种"不似之似"的表现。

马:黄宾虹内心是十分孤独的。孤独,正是他远离社会,独去人境远。在那个时代,全盘否定传统大行其道,中西合璧、中日合璧。当然,还是新派略占上风。像张大千到敦煌,齐白石到民间,所有的人都会有自己的追求,只有黄宾虹一人真正坚守画学真传,他同吴湖帆、金城还不一样。他追求"内美"。

程:黄宾虹对宋元精神有很深的认识。苏东坡的那个时代不缺宏大,不缺崇高,不缺严谨。但苏东坡想找的是王维那样的东西,是文人画在萌芽状态的那么一种东西,那种"似与不似之间"的东西。"论画以形似,见与儿童邻",他看不上范宽，更喜欢王维。因为"诗中有画，画中有诗"，但这个任务让元人完成了。苏东坡很有预见性。我认为中国画发展到"逸"是中国画本质上的进步，而不是二十世纪有人所说的到了元代以后中国画衰落了。元以后中国画恰恰是进步了，往前推进了。因为"逸"这个提法虽然建立在北宋，兴盛在元，但成熟在明清，后来有了"四僧"，最后有了黄宾虹。实际上，二十世纪有了黄宾虹和齐白石这两个人就够了，已经证实了中国画向前推进的生命力。有林散之就够了，已经证明了书法的发展。"大家不世出，百代或可一遇。"美术史是大家创造的历史。二十世纪没有萎缩，着急老不出大师，这本身很幼稚，是一种人性文化的膨胀，中国不是产生人性文化的土壤。中国先人强调天人合一，顺乎自然。

马：您接触并认识黄宾虹及其作品的过程是怎样的？

程：我认识黄宾虹的价值已是55岁以后的事了。55岁以前我也见到过黄宾虹的画，那是还没有感觉。是渐渐地觉得黄宾虹的深刻。起先并不是从绘画的感觉进入黄宾虹，而是从理论上接近。过去是看黄宾虹的画语录，后来看黄宾虹的系列的著述。我对黄宾虹的认识是随着我这二三十年的编辑生涯，到了后期阶段，才感到黄宾虹的伟大，这种认识是发自内心的。我最初画人物画，随着我对传统的深入，改画山水。对画论，像俞剑华编的书，我从二十几岁就开始读，但是我真的能认真读进去，深入读下去也就是这几年。并且系统阅读了中国画论，兼及书论和文论。还是觉得黄宾虹的思想是深刻的，他是从学术的深度进入艺术实践，"学贵根底"，一点不错。

马：理论上，齐白石、张大千，都是星星点点地讲几句话，没有一个像黄宾虹这么系统。

程：齐白石是画语录，张大千也是画语录，唯独黄宾虹是学者，做了系统的学问。他的宋元绘画观，包括对金石书法的研究，同时对中国画论也相当精通。再则，黄宾虹是一位志士，早年曾参与秘密组织"黄社"，后以"革命党"被人告发，逃亡上海。他始终关心社会民生，关心国家利益，又淡于名利，在出和入之间，黄宾虹是非常到位的，他把握得很好。他有士大夫气，又是20世纪上半叶优秀知识分子的典型。

马：他在北平的时候正值抗战，他有不少日本朋友，他都拒绝同他们见面，他非常清楚在非常时期保守名节的重要，他这时才开始撰写关于新安画派的论文。可以说他的绘画，他的品格气节，直接与新安画派前贤一脉相承。

程：他是一个有自觉意识的文人和学者，理性而执着。我很庆幸也做了这么多年的出版，可我没有黄宾虹那么执着，他真是深入研究每一篇历代画论，编辑《美术丛书》，虽然里面有讹误，但是，他已经做了一个汇总和整理的工作，这是一个巨大的工程。西方画家偶尔会写些文章，理论家是不从事画画实践的，它是分开的。在中国不是这样，中国古代画家是文人，文人本身也可能是画家，比如宗炳、王微、谢赫等等，实际上真正的理论家是实践家出来的，画家和理论家明确分工是二十世纪的现象。明清的美术理论大多陈陈相因，这里面最有创造性的还是画家的东西，比如董其昌、石涛，影响甚大。绘画和自然的关系，绘画和人生的关系，甚至绘画和寿命的关系，《画禅室随笔》里面都有，董其昌说得清清楚楚。理解董其昌和黄宾虹，是到快60岁的时候，我只能用"理解"这两个字，不能说研究。董其昌很深刻，可以认为是中国笔墨文化的典型现象。

马：现在关注黄宾虹的人很多，但我觉得所谓的"黄宾虹热"只是一个现象，现有的研究工作还是很浅薄的。

程：慢慢来吧，时代对黄宾虹的认识还有欠缺，有些结论也欠妥。九十年代末我到苏州东山看望亚明，亚老有很多发自肺腑的感悟都是极精到的画论，可是天不假年。如果再给他二十年，他对传统的深刻领悟应能达到更高境界。

笔墨艺术的最高处应该是少数人才能理解的东西。像古琴，到一定时候，可能就是弹给一个人听的。"曲高和寡"也是一种规律，所以晚年的黄宾虹很孤独，也不足为怪。

马：黄宾虹的成就已经达到了将自然山川幻化成自己内在的心象的高度，他的作品已经完全是精神的流露。

程：心象是自然山川载人内心最本质的反映，澄怀而味象的结果就是这样。八大的东西就是天地精神的记录，黄宾虹也是这样。

黄宾虹作画有书法的根基，而无既定的程序，极其自由，大到了"上下与天地

与友人马龙、飞飞合影

同流"的境界。他在中年时期直到70岁曾力追宋元,在宋元画中获取的技法程序,是以笔墨抒写心象,探取造化的真魂。晚年总结出"五笔"、"七墨",总结出"江山本如画,内美静中参。"的道理。"湛寂之中,自然而感,如火始燃如泉涌出",这是儒家"乐由中出"的艺术观,画家已进入返璞归真的境地,这是艺术的最高境界。

马:关于"天人合一"的问题,在很早的时候,中国人已经意识到了。随着我国文化的不断强盛,中国传统的文化精神所具有的优越性,和预见性,会逐渐被越来越多的人们所认识和关注。

程:是的。人们对精神的要求是无限的,我们的先民也是首重精神。当物欲极其发展的时候,就要警惕了。古代士大夫提倡安贫乐道,这是有积极意义的。现在人类无论东方还是西方形成的共识是,不能再破坏地球了,低碳生活就是维系天人合一,而中国画和中国书法就是天人合一的注脚。所以中国画和中国书法的前景是乐观的。当然也不能说我们自己好而排斥别人。东方艺术和西方艺术都是人类智慧的结晶,两条大河各自归海,两棵大树各自结果,可以借鉴,但不要消失了自己。艺术多元比单一好,没有必要把今与古对立起来,把创新与继承对立起来,把东方和西方对立起来,用简单的两分法作是非判断,这不符合中国古典哲学的"和而不同"。

20世纪最大缺失不是创新,是继承。很少有人工夫花得像黄宾虹这么大。做中国笔墨文化的集大成者,这是我们的目标。集大成就不会狭隘,前路就会越走越宽。

真正的画家要心存敬畏,敬畏前贤,敬畏民族文化的漫长渊源,敬畏民族辉煌的历史,而且要有一种担当精神,下大力气,做好研究,在传承的基础上推动中国画的发展。

当以笔墨写高怀
——与吴悦石先生的对话

吴悦石（以下简称吴）：我很关注你的画。

程大利（以下简称程）：我看到你的文章，一些话讲到我的心里去了。你的画我也是很注意的。

吴：我有一点特殊的地方，就是少年学画，跟前辈的接触多。

程：我不如你幸运，学画未碰到名师。我是1963年高中毕业的，1964年下乡。你也是1963年毕业吧？

吴：我1961年毕业的，也没念过大学。

程：但是社会大学和坚持读书还是两个概念。我喜欢阅读，年轻时每天阅读时间都是四五个小时。即使现在很忙，每天也有2～3小时在阅读。

吴：历史留下的，不一定都是学校留下的。

程：对，历史不看学历的，历史只看成果，学历在人的一生中太短了，人的一生大部分时间在自学。齐白石说"一息尚存要读书"，是说要读书到死。黄宾虹一生也没停止过读书做学问。

吴：所以读书要经常读，温故而知新。

程：人生苦短，读书应该有选择的，也绝不能仅仅依靠学校教育。

20世纪初，我们引进了西方教育，西方思潮开始涌入。中国固有的一套教育中断了。有识之士反思国力弱的原因最初是从体制开始，逐渐到对整个儿传统文化的怀疑乃至否定。一种激进的风潮，也就是对民族传统文化否定的风潮愈演愈烈，倒洗脚水的时候不但连孩子倒掉，连木盆都砸掉了，这在康有为的身上也有体现，表现在康有为对中国画的批判上，他认为宋以后的中国画衰弱了，非以写实主义改造中国画不可。康有为以后的中国美术史都说到宋以后的中国画如何走下坡路，这实际上是个误区。从重形走向重意，宋以后的中国画在走向另一个辉煌，更接近于中国画写心象的本质，"心象"是中国画历来的一个要求，不同于"形象"，但是在宋的时候对"心象"的展现仍不充分，还有"论画以形似，见与儿童邻"（东坡语）的批评之声。倒是元和元以后，笔墨因素才具有了独立的审美价值。五代和北宋，笔墨更倚重于丘壑，而元人使笔墨更趋成熟并具有了独立的审美价值。

吴：宋还在启蒙期。

程：对，启蒙期。我同意你的观点，宋人所看到的是丘壑和丘壑之美。

吴：这由苏东坡等人的议论而来。

程：应当说，中国文人画重视形，但不以形为归宿，这个贡献太大了，这个贡献影响到文人画的发展，一直影响七八百年，而西方是一百多年前才有印象主义，印象主义又走了将近一百年的时间，才强调表现。而这个表现在中国，在苏东坡那时已经有了理论。17世纪初，郎世宁来中国带来了古典主义油画，让康熙皇帝看，康熙皇帝不以为然，邹一桂看了以后认为："虽工亦匠，不入画品"。那个时候还有这么一种自信，不拜倒在西洋人面前。但随着国力渐弱，随着西方工业革命后的迅速发展，西方文化形成了强权文化，这种文化涌入中国后，虽然带来了好的东西，但也彻底摧毁了中国人的文化自信。康有为到卢浮宫里竟然惊呆了，被那种写实的东西所震惊，这说明什么呢？这确实是康有为的局限，也是历史的局限，不仅康有为，是一批人。

中国画学是中国国学的一部分，世界上没有哪个国家的艺术像中国的艺术那样有如此完整的理论，留下如此丰厚的遗产，而且形成了那么庞大的一个体系。可是到了近代，传统画论的地位动摇，时不时会受到冲击。

吴：使中国画都不能入主流了，主流是油画和木刻。到目前为止，传统中国画还在边缘。

程：但是物极必反，我觉得有一个好的地方，是有更多的人认识到中国画要按自身的规律发展。

吴：现在的认识有好多都在嘴上。当年康有为认为宋以后中国画就没落了，因为他看的具体的东西太多了，可真正是最高明的东西他反而给忽略了，就像我们忽略我们最好的东西一样。欧洲的一位哲人说过：仆人的眼睛里没有伟人。因为他天天守着，不知道这个东西好、妙在什么地方。画画也是这样，自己不画不知道。我常常说中国画有一个最大的遗憾，就是我们很多研究中国美术史、研究理论的人，本身不画画、不写字，即使有写有画的也不精，那他就不知道个中三昧，不知道起笔、运笔、行笔，不知道行笔中的趣味是怎么产生的。尽管我们不说创作中国画是多么高尚的职业，但是其内在的精神是让我们追求的。没有一个切身实践，你就不知道妙处所在，所以很多人看不懂画。

程：我认为这与美术教育有关，中国画是笔墨的艺术，黄宾虹说中国画"舍笔墨而无它"。我们今天离中国画的用笔已经很远了，新文化运动以来，我们评论中国画往往是以写实（造型）的方面定高低的，苏东坡的"论画以形似，见与儿童邻"，我们是反其道而行之的，重形是时代风尚，我们评价一幅中国画，内容之外往往是先看它形准不准，描绘的什么，接下来是结构、比例、透视等等，所以形的问题就成了中国画品评很重要的一个问题，这是20世纪的现象，在这之前不是这样的，首先是气韵生动，然后是骨法用笔，笔墨是极重要的方面。

吴：在形的问题上又牵出了一个问题，那就是我们把写生的方法搞错了。教学中，我们的写生就必须拿着速写本，对着山去画。

程：还有照相。带着照片回来组合。这样一来，中国画的文化趣味没有了。

吴：这两种方法都制约了中国画后来的发展。

程：这就是西方造型观念引入中国后的直接后果，也是一段时间里学院教育的局限所在。

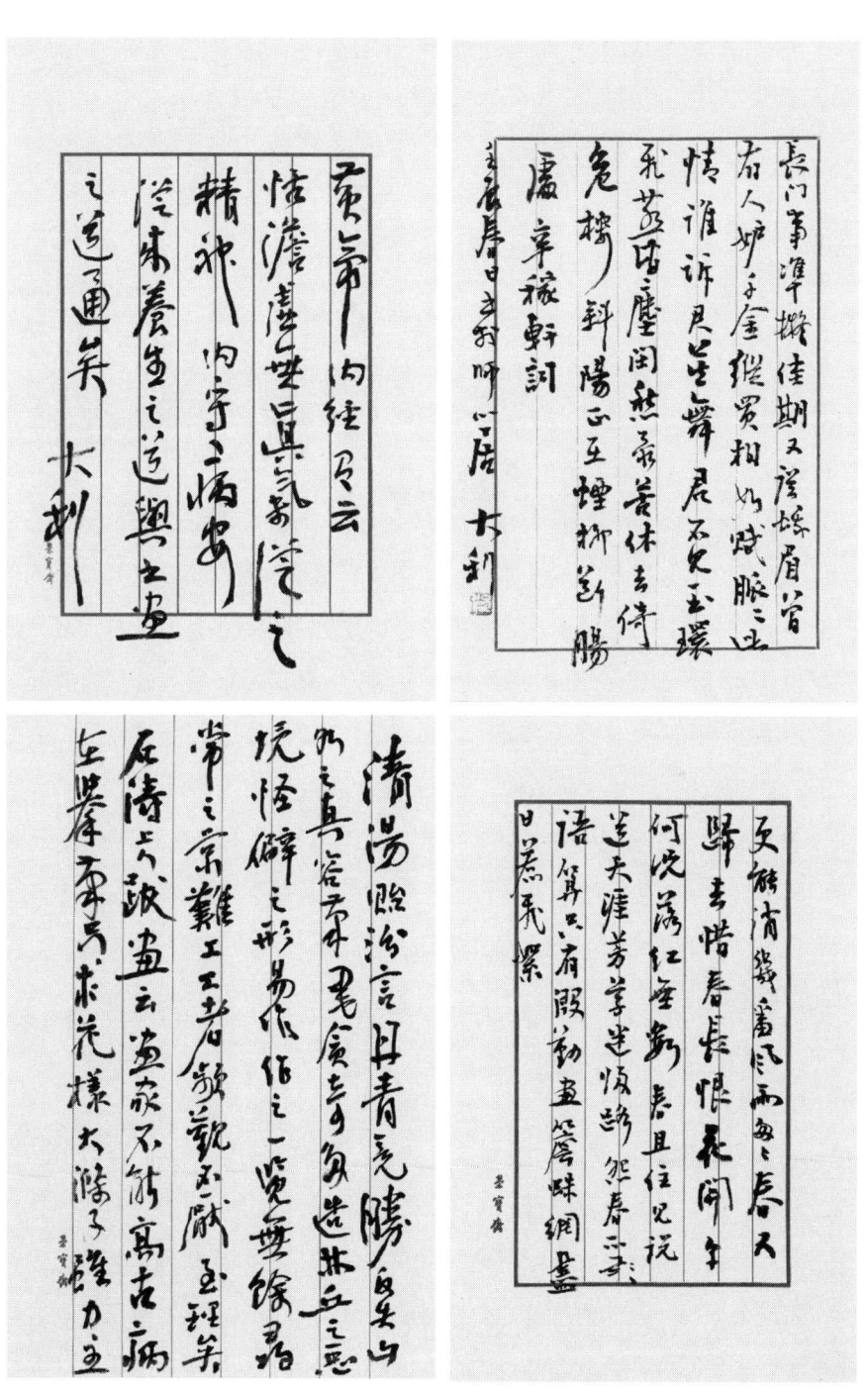

手札散页

吴：我挺注意你的画儿的，你的画儿真山水里没有。自唐宋以来，山水画描绘的就是高山大壑，可这种丘壑，是心中所想的东西，是心象，然后再通过优秀的笔墨传承。如果说就是拿着速写本把景物誊到纸上，一定死板，所以要钻进去想，要能把自然的东西变成心里的东西，要意会。

程：中国古代也不是不用速写本，也有用炭条记录的。但是更多的默识心记，烂熟于心，然后在心里发酵而成为心象，"心象"这个词我觉得非常妙，有别于形象。形象是个西方词语，在中国画论里面没有形象这个词，但是心象被反复论述，心象的产生是生活中来的，没有生活就没有心象，默识心记嘛，最后它要经过消化，而且心象的产生还有格调的高低，它强调澄怀味象，你若心里不干净，会有所欠缺，所以澄怀味象是一个先决条件，澄怀味象到澄怀观道是认识的升华。

吴：中国画的这个理论很早了。顾恺之"以形写神"，宗炳"应会感神，神超理得"，张璪"外师造化，中得心源"，这是一代一代传下来的。

程：六朝时中国的绘画理论已经非常完善了，后代不断充实并反复论证，成为一个庞大的系统。

吴：中国绘画就像顾恺之吃甘蔗，先吃尾，慢慢就好吃了，渐入佳境。中国画讲内美，要耐看。

程：再回到中国画用笔的问题上，自然也包括形的问题，我们谈中国画往往是重写，重笔，但一般的欣赏者很喜欢工，很在意形，喜欢画得很完整的，这样的画要远比大写意的、重意境的、求笔趣的、讲古法的一路画受欢迎，为什么呢？曲高和寡。笔这个东西，是非内行不能看得懂的，社会上那么多人，真正能理解笔趣的，没有几个。且不说社会，就是行内人，懂笔趣的人不是很多，老拙生辣最难让人理解，大家喜欢秀美甜柔再加形准，黄宾虹却是老拙生辣，如粗头乱服，内美既谓此。当然，美是多样的，但差异存在。

吴：也是现在才把他推出来，他寂寞了50年。

程：今天还有争议，这就对了，大师是历史的，不是当代的，大师是回望历史时发现的。

吴：现在还有人在说黄宾虹不好，看不懂。

程：他们是从两个方面讲的，第一是讲黄宾虹的图形，指他的丘壑，离现实生活太远，认为他不是从生活中来的图像，认为他的丘壑不及宋人的丘壑；第二是因为他的笔非常粗拙，而且喜好黑重，这只能从欣赏者的审美趣味上去解释了。

吴：宋人的这个过程是"我从何处得粉本，雨淋墙头月移壁"，他们对粉本非常在意。

程：苏东坡说范宽的画儿俗气，但是他没指明俗在哪里，我不知是不是指范宽画里有车马小人儿之类的"生活气息"。

吴：宋人作画都有稿本。

程：稿本要变成境界和心胸，要气韵生动，要做到江山如画，江山不如画。

吴：在那个时代创作一张稿本非常珍贵，是要传世的。就说后来的任伯年，他有大量的稿本，都是拿宣纸勾、用桐油刷的，我就亲眼见过任伯年很大一批稿子，都是桐油纸，那种一顿一勾的人物，都是有稿子的。宋人以前，中国人对稿子的慎密程度是有传统的，但是元以后就没了，元以后出现很多随意的东西，即心象，开始讲笔墨、讲意境，如苏东坡说的"见与儿童邻"就起到了发酵的作用，这种理论一旦成形，整个社会全认同。可是绘画发展到明代中期以后，从浙派到吴门画派，他们起到一个什么作用呢？我觉得起到了一个从用笔墨的娴熟到讲究用笔墨的老道与行笔的中正。像吴门四家文、沈、唐、仇，仇英放在一边，文、沈基本上代表了

一直到现在大家都还推崇的行笔中正、笔墨讲究，他们修养够，书法好，文采也好，笔墨老到，脱俗。

程：他们那个时代用笔最优秀的画家应是董其昌，他以笔呈现出安祥境界，安祥是很难得的一个境界，中正、圆融而安祥，是董其昌最典型的特点。他真的把中国传统哲学思想熔铸进去了，从容而安祥，天人合一。

吴：你说的董其昌，眼界、修养、书法各个方面应当都是第一流的。

程：他的用笔是非常好的。八大醉心于他，向他学习，"四王"也向他学习，但"四王"没有达到他的高度。

吴："四王"没达到他的韵味。

程：八大从他的里面得到了好多东西。我们这么多年对董其昌的认识并没有到位，特别是我们的画家对董其昌的认识没到位，对他用笔经验的总结是远远不够的，董其昌那种散淡的用笔，所谓绵里针，是中国画最难达到的境界，是用线去散步。这一点黄宾虹对他的体会比较深，黄宾虹的眼界是很高的。

吴：其实董其昌的用笔就是若不经意。

程：但是笔能扛鼎，所谓金刚杵。

吴：后来的几代，包括清，画山水的，都没有董其昌画得滋润。

程：散淡自然，用今天的话就是画得很轻松，而且绝无匠气和习气，我们在其他画家那里多多少少都能感受到一点匠的东西，习气的东西，就是个人习惯中不好的地方，就是为了讨好别人，让别人说好的那种东西，所谓的严谨，所谓的完整，所谓的形的妩媚，这些东西董其昌都没有，完全是从于心，依于性，一派天真，真正是劳碌之后的休息，也是中国画的功能所在，正所谓"养性情，涤烦襟，破孤闷，释躁心，迎静气。"这是中国画最重要的功能。西方画不强调养性，西方画有时会把人画死，没听说过中国画会把人画死的，如果中国画把人画死了说明方法不对。中国画家，特别是元以后，特别强调的一种状态就是淡泊，不淡泊的"扬州八怪"，老想着用画卖钱，金农之外格调就是抵不上八大。黄宾虹说中国画是"祛病增寿的良药"，真是说到骨子里去了。

吴："扬州八怪"从内容到形体，基本上都粗野，人们说他们是"野孤禅"，基本上很正确。

程：为什么说是"野孤禅"，笪重光说："丹青竞胜反失山水之真容，笔墨贪奇，多造林丘之恶境"。作画不能求奇，求怪，求僻，求这些东西都是很表面的，作画贵在平淡，进入平淡境是非常难的，直如佛禅至境就是淡字。明清画论里还保留了这样一个审美认识，是非常难得的，过去我读到这儿不理解，60岁以后才理解什么叫画贵"平淡"。

吴：董其昌当之无愧。

程：八大也是。八大的所有情绪是隐含在笔里的，你要盯着看很久才能感觉到，因为我们不能用张力这个词去形容八大，冲击力、张力所构成的视觉效果和图式如何如何，这都是西方词汇，中国画不追求这个。求内美，平淡而有内美是中国画的至高境界。

吴：这是要用毕生的精力去追求的，黄宾虹到晚年才得到。

程：我觉得花鸟画，"扬州八怪"整个比不过恽南田，恽南田有平淡气。

吴：对，雍容平淡，贵族气息。他的书法也看似平常，但味道隽永。

程：中国的文人画确实是很贵族化的，但它又不是宫廷那种贵族，宫廷那种贵族与权力捆在一起，总在追求一种貌似完美的东西。但是中国文人画贵族气是发自内心的，一种骨子里的感觉，是一种纯精神化的，是基于文化修养之上的高境界，那是一种真正的"贵"，跟社会流行的价格观念无关，多数人是看不懂的，"阳春白雪"就是这个意思。

吴：野逸和疏淡。这点儿元代的黄公望做的非常好，吴仲圭也行，像王蒙和倪云林，就有做作的东西在里面。

5月的五台山还有积雪。第一次来五台山是1996年的春天。

程：王蒙的用笔是很精的，倪云林用笔的清爽和脱尘也是很好的，在笔的技术层面上都达到了很高的境地，你刚才所说的，我理解是一种综合表现的东西。

吴：倪云林在历代画家中应该是最讲究的，并且是笔笔从口出，所谓的含毫吮墨之法。倪云林之所以讲究，一是他家里有钱，二是在艺术上有自己的追求。所以说在中国画方面成就一个人，不光要从笔墨、多读几本书上衡量。你看董其昌，修养非常全面，有明一代搞鉴赏，他也是第一大家，眼界极高，能立断真伪；他写字不造作，你看他的书法之流畅，流畅之美通神。

程：他是收放自如，用笔是抒发自己心情的最佳方式，放而又控制得住，这是一种状态。还有一点非常了不起的地方是什么呢？他是一个官员，是一个身不由己的人，处在矛盾的漩涡里，他的家庭给他惹了不少的矛盾和麻烦，但是在他的画里面却能体现出这样一种安静从容的感觉，我觉得中国画确实是一种调剂人生的手段，也正因为如此，董其昌的画没什么功利性，人家看他的画儿好，买他的画儿，忙不过来，就请学生代笔。其实这个人不缺钱，不缺钱又不得不代笔，一定要满足社会方方面面的需求，于是假画便多了。这是无奈，因为名气太大，被社会推着走。

吴：这不伤大雅，历代的名家都这样。近现代的溥心畬，有人来找他拿画，他说："你去看看后边画完了没有。"就这样很直率地说是学生在画。同样，王敖给沈周写的墓志里也说：求画的人舟船堵满了，小巷子里堵满了，但是上午只画一张，下午坊间就出10张。

程：没有办法，无奈。

吴：画为心声，看画的人拿过来一看就知道，中国画的这一点特别让人欣慰，见画见字如见人。没见你之前我见你的画，能取法这样不容易。另外，字我也挺注意，我平时自己写字，也就注意人家的书法，我觉得无论是画家字、书家字，都要有笔画在，结体另当别论，只要画儿生动，有笔画就能成，这样画儿的线就厚。

程：沈石田的线就厚。

吴：他的线老辣，很有力度，有入木三分之感，并且基本上是走硬线，皴擦比较少，都是一遍画成。

程：沈石田还有一个绝招就是点，他点的点子是从巨然来，巨然的画非常润，焦墨错错落落地点上去，像长在石头上一样，古今第一人。破笔点我认为沈周是继承巨然最好的一家。如果把沈周画上的那些点儿去掉的话，他的画儿就不好看了，当然沈周的线也非常好，也是扛鼎之线，硬，但是那些点一上去就精神了，老拙而妩媚，难得。

吴：老道，超迈，那种气概有。

程：黄宾虹也在他身上花过很大的功夫，但是黄宾虹到老又综合了很多家，黄宾虹真是柔中见刚，刚中寓柔，百炼钢化作绕指柔，到了黄宾虹那里再把它变成短线和点，是几十年锤炼的结果。

吴：黄宾虹的用笔可以做到长短都在动，当然晚年也有笔画都是直道的。在我15岁画黄宾虹的时候，王铸九老师跟我说："黄先生这画儿好，你可以临一临。"

上世纪50年代时还没有人提黄宾虹。现在好多人画黄宾虹，但大都没有从黄先生那里得到妙处，黄先生所有的山都互为盘结，都在动。

程：因为他同时是书法家，所以他知道"担夫争道"，书法之道用在画儿上了，这是以书入画。

吴：黄宾虹画几棵小树，互相穿插顾盼，点子都是妙的。我有几张黄宾虹的画，他有几个醒目的点子点得非常好。

程：我觉得今天学黄宾虹最重要的一点应是研究黄宾虹怎么成为黄宾虹的，我常常思考这个问题，也就是研究黄宾虹的成长之路，他艺术思想的变化，还有他每个时期不同的面貌，产生的根由。我觉得这很重要，《黄宾虹文集》六卷本读完后，看到里面谈了很多中国传统文化中形而上的东西，还有技法层面的东西，对黄宾虹有了一个更完整的认识。

吴：关于中国画，我们刚才谈了很多，都是非常关键的东西，但最起码的一点就是技法上要打得非常扎实。

程：最重要的是状态。悦石先生的状态就很好，我们都六十几岁了，正是起步的最佳的年龄。学中国画也需要前期准备。现在画中国画的人很多，真正进入中国画笔墨状态的人不是很多。参照系数在哪里呢？是古人，我们看看前人，再看看今人，我们就会感到今人质量低，笔线是讲质量的，质量低不等于不会发展。笔墨正是我们和古人的差距，我们今天说中国画不行，根本就在这里，且不说认识上的，且不说气韵和修养，只说最基本的用笔技术，就跟古人差一大截，但是我觉得只要认识到这个问题，现在还不为晚，认识到这个问题就在这个问题上下功夫，但是这个功夫又不是一年两年能见效的，中国画的笔墨功夫是以10年、20年甚至30

年计算的，如果黄宾虹和齐白石的生命在70岁就结束的话，就没有后来那么高的成就了。前面是后面的铺垫，所以中国画大器晚成是有道理的。有一个现象：凡是短命的画家，画上都有问题，参照标准是什么呢？也是历来的大师，大师一般长寿，像元四家、董其昌、八大等至少相当多数都是寿命高的，寿命低但是有大才情、才华横溢的，可以留下佳作，但终有缺憾，何故？岁月不到，年龄不到。中国画真的是需要年龄锻打的。昔人谓"古来大家享大耋者居多，良有以也。"（清王昱语）

吴：中国画和好多艺术门类有一个共同点，就是在自己的生命历程中，是在不断锤炼自己，不断地再认识，因此孙过庭说："通会之际，人书俱老。"

程：通会是非常重要的，人书俱老也是规律，"人书俱老"不仅仅是用笔技术层面的东西，还有认识上的高度，是对生活的理解和认识，对艺术的整体认识，所以叫通会。"通"很重要，我在60岁之前对"通"字茫然，通很难啊，不通就是"隔"，画中国画的人，进入"通"的状态，便有希望进入"如来境"。

吴：他们对我说"吴老师今年搞个展览吧"，我说不成，还要好好画，还没画成呢。我说的是心里话，现在我们摸到门了，有目标了，画成什么样，怎么再上一个台阶心里有数了。这也是从60岁之后才想的，之前也认为自己画的不错了，确实不通。

程：所以说中国画真是退火的艺术，退火也需要年龄条件，年轻的时候火气盛，对中国画是不利的。年龄大了，不大会激情难抑，翻江倒海。好激动的感觉不是中国画最佳的感觉,说张璪、王洽,以头发蘸墨在纸上扫,我们没有看到作品,我想那种作品不会是内美的。我也可以断定吴道子大同殿上的一日之功,也难以内美,那是气势所就。炉火纯青的中国画是讲究把一种气内敛到一种内在的力量,一种猛一看不太起眼但是慢慢品又品不尽的东西,这大约就是黄宾虹所说的"内美"吧。当然,气象大、气势足而又内蕴丰富则更难得。

吴:画史上有一则故事,有位画家看张僧繇的画儿,初看时说徒有虚名,再看时说名下无虚士,三看以后坐卧其下十日而不去,这说明他看进去了,会看画了,也说明画儿耐看,久看久新,寓目不忘。中国画做到这个境界就行了,起码我们能有个交代了。

程:我觉得目前四五十岁的这一代人,比我们40岁的时候见识要多,条件要好,而且跟我们同年龄时比,对传统性的认识要高一些。因为我们当时受历史条件限制,但是我们今天能认识到这一点儿还不算晚,艺术是一生的事情。

吴:如果我们没有岁月的锤炼,也不可能有今天的认识。我们虽然失去了不少东西,但是我们得到了很多思想上的东西,没有思想就绝对没有其他。懂理论也好,懂方法也罢,如果你没有精神层面上的认识,终究达不到中国画创作的高境界。

程:你说的太对了,由技到理,再到道三个层面,从法而理,从理而道,进入人生深层课题,是锤炼打磨后的认识。而技法层面相对简单得多,岁月积累,熟能生巧,但巧是个什么东西呢?巧不是高境界。巧又能生匠,认识到这一点,就能警惕"匠"的出现。

吴:20世纪以来不断批判"四王",其实"四王"只不过是把中国画传承方面的重要性强调到了最高度,他们要求笔笔有来历。应该把这个精神拿到今天来,因为我们太缺了。在宋代不强调笔墨,是因为人人都在研究笔墨运用,并且讲境界,讲丘壑,讲心胸。可是今天不是了,今天大家已经没有笔墨认识了,所以要把笔墨强调到非常高的高度,非此不能引起国人的注意。无论是画画儿还是从事理论研究,还是鉴赏鉴定,还是艺术市场中人,如果对笔墨毫无认识、毫无感觉,中国画还得徘徊在那里。笔墨太重要了。

程:这一点很重要,应该有人写专文的,把这句话作为一个大标题。包括王

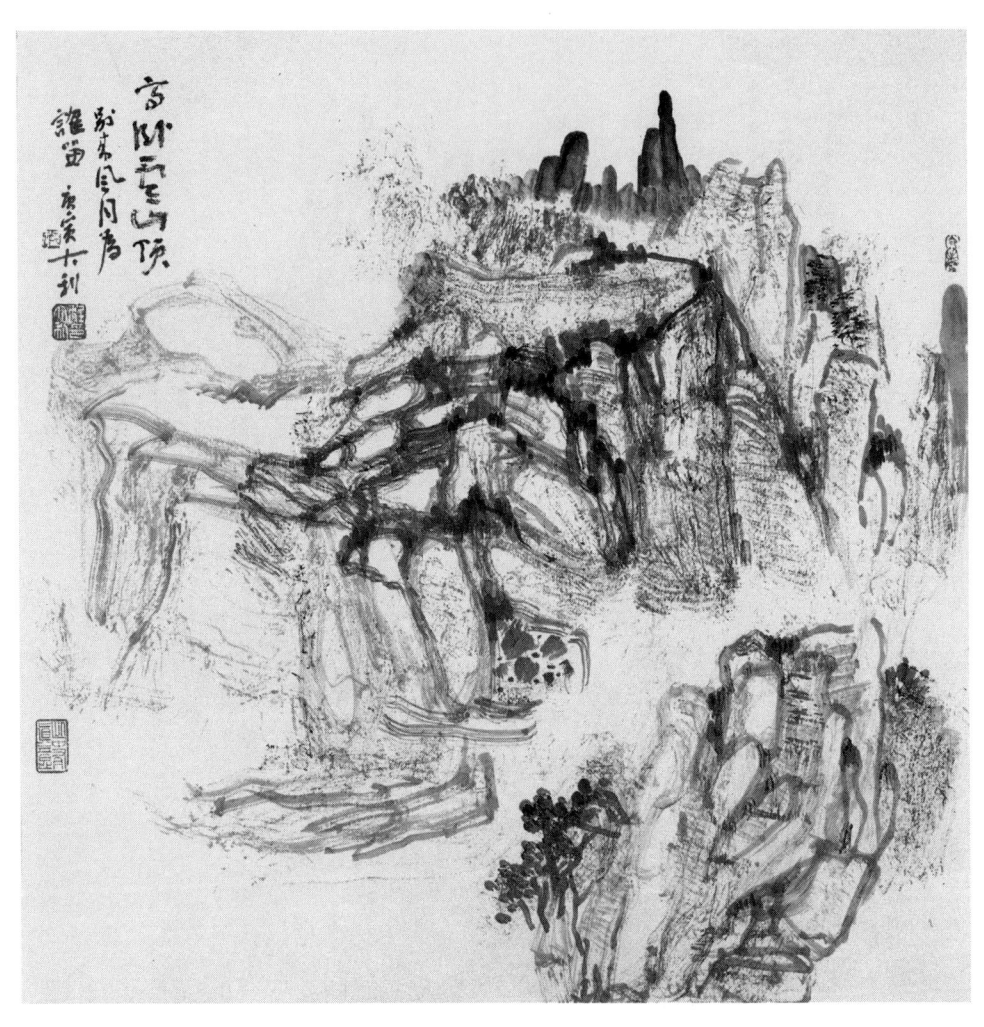

石谷仿范宽,仿巨然,其实他不是一味地仿,而是有他自己的东西,虽有一些构图、用笔略似,其实还是自己,但是后人批判"四王"时都是说"四王"只会仿别人,这是行外之说,他不知道"四王"所谓的"仿"里都有自己的东西在里面,表达了一种对前人经验的敬重和崇仰。就像黄宾虹一样,黄宾虹仿的所有的人,都不"似",都是他自己。所谓"拟大痴"、"拟玄宰",心摹手追嘛,只要进入这个状态，至于结果和形似与否不重要，林散之和萧娴写的《石门颂》我都编辑过，两个人两回事儿，100位读者就有100个莎士比亚，见仁见智，这都不重要，重要的是揣摩和领会的过程，至于学谁像谁，匠人大多能做到。

吴：所以说书画上的这个误区，一定要把它重新打破，像何道州临汉碑，他写了10种汉碑，哪一种都有他自己。

程：只要有这个过程就可以了。对中国画笔墨的强调怎么都不为过，上世纪五六十年代，有人批评笔墨时说笔墨是笔墨游戏，文人墨戏，小玩艺儿等，这是错误的。笔墨是什么？笔墨是文化，是中国艺术的精神，抽掉笔墨等于没了精神，抽掉笔墨等于动摇了中国画的根基，所以笔墨不仅是技术层面的东西，笔墨还是精神层面的东西，是文艺理论和思想范畴的东西，笔墨包含着境界，包含着造境的高度，笔墨中有画家的经历，有画家的人生观，有画家的艺术主张，还有画家的锤炼锻打、技术积累过程。在中国画里，笔墨是非常重要的因素，所以任何轻视笔墨、慢怠笔墨、亵渎笔墨的说法，都是与中国画对立的。对笔墨的强调，黄宾虹说了一句很好的话——"舍笔墨而无它"，所以，我们看今天的拍卖市场也好，看教学也好，有很多不是中国画的中国画。于是有人建议把中国画这个名字去掉。我觉得定义不重要，我们心目中都知道中国画是什么，我们看卢浮宫的画，绝对不能说那是中国画，虽然西洋人也可能用毛笔画，用全黑的方法画，但那不是中国画，我们既然知道中国画是什么样子的，我们就要捍卫这个边界，不要努力把它抹平，这样对中国画是没有好处的，对民族文化的继承发展也没有好处。不想中国文化断裂就严肃地对待民族遗产，我只是希望年轻人能从更高的境界去认识它，更严肃地对待它。

吴：书法已经脱离了实用功能，成为一门独立的艺术了，而且这么多年传承有序，书法没断，画就更不该断。

程：中国画是不会断的，它的新高峰还会出现。

关于"中国画复兴"的思考
——与龙瑞先生关于中国画的对话

与龙瑞合作大幅山水

程大利（中国美术出版总社总编辑。以下简称程）：中国画往什么方向复兴，沿着什么样的轨迹发展，这是学术课题。中国画的发展走到今天，在当下看似乎很壮观、很繁荣，但是我觉得这背后有一个很严肃的课题我们还没有深入思考，就是沿着什么样的方向、按什么样的路复兴中国画艺术。

龙瑞（中国国家画院院长。以下简称龙）：这也不只是一个美术理论的问题，中国画创作的背后有一些很深层次的问题，中国画从中国传统的学理上看，不单纯是一门艺术，也是建构人学的一门学术。实际上整个中国的学问过去一直是偏重于人的学问，包括对人的研究、对人和天地关系的探讨，其它的学问都是糅在这个体系里的。复兴是有方向的，复兴当然不是一个再现，它必然有一个很重要的内在纽

带和传承关系,复兴就是还要往前走,而不是把原来的东西再现。但是它又不是一成不变的,创新也就是这个意思。创新是在原有的范畴上既承认原有的规范,又在原有的规范基础上有所进步,在原有的基础上去提高,这才是创新。创新也有差异,创新不是完全否定,是在原有的基础上百尺竿头更进一步。还有一个对原有东西更深刻的认识,对它的精髓、它的规律把握得越到位,创新才能找到关键,才能解决至关重要的问题,不然就没有一个衡量的标准,创新必须拿旧的东西作为参照。现在有一些人动不动就说中国文化是农耕文化,都过时了,人家都已是信息时代了。农耕文化中有很多文化精神,它到现在还有自身价值,中国人的世界观、方法论具有很强的生命力,中国人很重视人生,不像西方宗教更重虚拟和原罪,中国人的学问都是建构在现实的基础上,比如人应该怎么做,人应该怎么生存,人应该怎么做人。

程:中国画的人文精神和人格追求支撑着中国画。六朝以后,人的概念被强调出来,绘画和乐舞百戏拉开了距离。随着中国文化的衍进,绘画的人文因素被强化出来。人文意识在中国历史上的第一次崛起是在六朝,开始突破孔子的"礼",人开始放浪形骸和表现真实的本我,于是出现了"竹林七贤"这种现象,这对于绘画的发展很重要,特别对中国文人画的发展很重要。实际上中国笔墨文化的真正发端是在六朝,六朝给唐代奠定了基础,人文因素的介入使绘画向写意性发展,人文精神的注入才有了唐代王维等人的画。王维的画我们今天看不到了,盛唐时期的一批山水如李思训的画,今天我们也看不到,我们只能从后人作品的面貌来推测前人。注入人文精神的艺术可以研究一下宋代的成熟的山水画,宋人山水的人文精神更加强烈,宋代的理学观念被注入进去了,文人的精神追求以心象的形式被传达出来。这其中也提出了对人格的要求。宋代画论成为宋代绘画创作的最好注脚。

龙:在特定的环境中这是必然的,我们从里面应该看到核心的和规律性的东西,你要是想复兴这个东西,必须做一个比较深入的再认识和再发扬。这点特别重要,中国的文化有一条大的通道,你必须进入这条通道。在当前的社会大背景下中国原有的这条人文通道,仍然具备很重要的价值。这其中最重要的是对"道"的认识。所谓"道"就是对事物的一个总体认识,游离于这个认识之外,好多事是永远

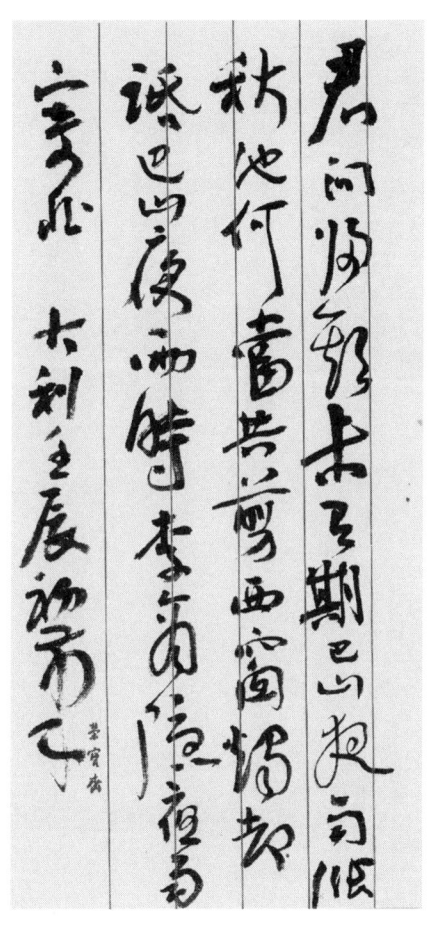

书法——李商隐诗

掰不清楚的。实际上"道"构成了中国人对世界的一种总体把握和认识，后来产生的山水画中的很多东西，都是从它里面派生出来的，山水画这种艺术离不开中国美学。笔墨存在于美学之中，后来独立成审美体系。你不把前面这块土壤认清楚，你就不知道它为什么滋生出这些东西来。因为这是中国人对事物的总体的认识和把握，包括对人的自我认识、对社会的认识和对自然的认识。在这个关系中，产生了我们中国人的艺术观，有了艺术上的方法论。这个审美的意识甚至最早决定了中国画的特殊性，它和西方的艺术规律完全是两回事。

程：说得对。中国艺术自成体系，中国绘画艺术理论有一个完整的系统，发端于中国古典哲学，植根于中国社会，但二十世纪有个倾向，就是把西学作为框架，套到中国艺术的认知上来，甚至把整个学术的框架都搬过来，把整个儿评价体系搬过来，用以研究中国画这就有点乱套。现在要把它廓清，不能再糊涂下去，要认清中西文化是两个源头、两座高山。

龙：实际上所谓的复兴，有一个再认识的过程，因为我们也去过好多地方包括欧洲、亚洲和其它一些国家或者一些民族，但是能够像中国文化理论这么完整的确实不多了。

龙：对。当然我们画画的不可能像美学家、史学家那样比较系统的来阐述中国文化。中国画之所以产生、形成，是丝丝入扣地和文化的整体在一块的，它就根植于其中，并且几个大的环节都是从里边派生出来的，你要不把它弄清楚，不知道它从何而来？它为什么要这样？你还坚守什么？发扬什么？中国画关注人生的生命本体，注重人格。人格建构完善了，变成一个完善的人，每个人都变成完善的人，这个社会就叫和谐社会，古人就是这么一种思想。

程：中国文化是人格文化，中国画是中国人格文化的一部分。西方文化是人性文化，西方绘画是人性文化的一部分。人格文化和人性文化是有差别的，人性文化强调才情的抒发和感情的充分张扬，包括对自我的充分认定。可是中国文化不同，它讲究人格的完善，讲究艺术与修炼、养生的关系，跟人生境界结合到一起，甚至与社会规范结合到一起，所有它叫人格文化。如按照这个框架去修炼可以长寿，可以成为社会生活的粘合剂，可以成教化、助人伦。就是说中国文化是按照人格文化的轨道发展的，所以中国画强调修养，包括人的修养，人格和人性的完善。

龙：所以就西方艺术来说，它更关心的是人性，它更关注的是爱、美。中国绘画的产生到它的艺术功能，这里面已经形成了许多我们要关注的东西。中国画艺术要个性，但它是在共性基础上的个性，这个个性来源于大家的一种共识，所有人一但有共识了，就要求在艺术里面体现出人格的高下、产生境界的高低，所以说中国的艺术不完全是艺术的审美，都和人分不开。中国山水画讲究气韵，"气"把这些东西移植到画上，画就是人，所以品评人的一套东西，完全落实到艺术上去了。只有中国人才有心学，它是一种认识，这些东西形成了中国人独特的文化。

程：心象与心学一脉相承。中国画强调心象。宋代对心象的理解特别深刻，山水画画的是心象，有了心象这个词之后，中国画与西洋画便分道扬镳了。西方强调的是形象，而中国画对这个形看得很淡，正如苏轼所说："论画以形似，见与儿童邻。"古人并不是不注重形，更看重的是质，质就是精神，形是手段，神是目的。神韵、气韵才是绘画的终极追求。中国画一直奔着神韵这个目的和境界去追求。

龙：中国美学上的一些概念和范畴，已经和西方的美学完全不一样，是两个体系，中国古代学问里面没有美学这个概念，因为它认为人学就涵盖了美学、心学。所以说中国人所有的审美的东西都离不开人，刚才我们说了这个气，这都是人身上的东西，再往下派生，就要谈到人品。艺术的标准是从人的品格上延伸过来的，人成为艺术审美的一个关注点。比如说中国人对清的认识，对浑的认识，对厚的认识，对所谓灵动、飘逸的认识，实际上是一个人生的过程，所以中国人很注重这个过程。中国艺术，完全是有别于西方艺术形态的非常完善的另一种形态，中国画艺术有独特的生态，当然西洋画也有它自己的生态。生态是指你这个国家古老的哲学，这个国家古老的地域生态，形成了文化生态，形成了社会生态，最后形成了艺术生态，它是一脉相承的，中国画也是如此。

程：中国的地域环境、社会状态，形成中国的哲学体系，最后成为中国艺术的背景，中国画的生态是完整的，有自身规律。地域环境必然会产生地域历史，这种历史必然产生独特文化，这种文化必然造就独特的社会人状态。这是生态的逻辑关系。中国画便产生在这样的一种生态环境中，有自身的发展逻辑。

龙："这个词用的很恰当，这种文化逻辑形态必须是在生态中互补的。中国人的艺术精神与中国文人的生态是一脉相承的。

程：中国文化的生态形成了中国文人的传统，包括士大夫孤傲的性格。在儒家学说的"修身、齐家、治国、平天下"的理想中，人们必须要按照孔子的"仁"去处事，但做到这点非常难，所以，有了"君子自强不息"的要求。"退"也要保持自身的完整性，独善其身。

龙：退了不是说潦倒，还要有气节，我得该说的说，我得对社稷江山、对天下负责。

程：实现不了自己的政治抱负，还要保持自己人格的完整，这种士大夫观念就形成了文人艺术的精髓。

龙：好多审美的范畴我们现在还是不太清楚，知识分子就有一种忧患意识，忧患意识本身也是中国人的审美意识。

程：我们的祖先起初很重艺术的现实功用，从彩陶到青铜造型图饰等等都与现实生活相关，汉代的画像砖也是把美好的理想表现出来。士大夫政治理想破灭实现不了自己的抱负，这时候便要独善其身，到自然中去找归宿，所谓归隐就有这种意思，最好的办法就是在山林里面寻找了精神的寄托。结果，真的发现了至美的东西。正所谓"闲步于林野，则寥落之志兴。"

龙：所以说只有中国人的精神沉淀里面才有这个东西。中国人的文化逐渐形成中国独有的艺术精神，只有中国人重视人生品格，它就是属于讲气节的忧患意识，忧患意识转换成一种忧患位置。所以中国的审美中有沉郁因素。

程：这种悲剧意识是人类共通的，所有的戏剧写到结婚就不能往下写了，再生孩子、过日子，谁都不看了，人们重视悲剧的过程。悲剧的崇高美，从古希腊就开始了，这个美感是人类共通的。中国画艺术把悲剧美演化成沉郁、苍凉，苍凉里头是微微带点苦味的东西，这个东西有震撼力。八大的画里就有这样一种东西，徐文长也有。

龙：从复兴的角度说，中国画已经在这个审美的范畴中给人们提供了审美的方式，这种样式、这种手段对人类发展是一个极大的贡献，是人类文化的遗产。中国人自己的文化生态、艺术生态、艺术逻辑都是有机联系的，可以激活、可在文化当中不断延伸，它抓住了事物本质性的东西。中国人的艺术产生了有机的能往前延伸的一些本质，这种基因性的东西我们不应该再把它一刀切断，认为它是一种落后的或者说是没用的东西。特别是在当前大家都在关注社会经济、关注物质的时候，这些东西有极大的审美力量，西方的学者已经开始认识到，现代社会未必就是人的最终归宿。孔子说，礼乐不能太繁琐。礼虽说要大但要简，"礼大则简"就是说很重要的事要把它办得简略，越简越显得庄严隆重，你弄得太繁琐了就谁也学不会了，其目的都要为人起作用，所以说这里面很多"尚简"的意思、尚清的意思、尚众的意思，要求任何一个学问要一以贯之。上至天皇老子，下至百姓，都要做到，只有中国的文化能做到。这些东西延伸到山水画，实际上它的精神架构，就是中国文化。

程：中国画的精神内涵和西洋绘画不一样，西方画讲内容、讲主题、讲故事性、还讲科学。中国画不追求这些，中国画在笔墨运行间、在审美的过程中有一种精神的寄托。比如，高山坠石表现出的沉重感，那是立得住的。做人也要立得住，形容用笔的时候往往与人格联系起来，轻浮之笔不是好笔，就像轻浮之人不是好人。这里的审美判断形成一个标准，按历来的画论，油、滑、甜、腻都是病，拙、厚、重、沉都是优点，做人标准正是如此。中国画与做人始终是一致的，这也是中国文化的一个审美特点，这点与西方文化是不一样的，我们说中国画的精神就是这种精神，它是西方艺术观里所缺乏的。西方把作品与人是分开谈的，不认为人品与艺术有什么关系，而中国画强调人成艺成，有"人品不高，落笔无法"的古训。

龙：研习中国文化的很少有专业画家。整个中国艺术是贯彻到人生中的，所有从事艺术的人都不是"艺术家"，没有单纯的艺术家，杜甫是诗人但也是做官的，李白是做侍郎的，这些人正是忧国忧民之人。中国的艺术形态是完善人生的，中国

的艺术实在是真正的艺术品。它保存下来，作为墨迹流传下来，与心迹、与人生轨迹相连，卓尔不群。中国艺术就是中国人对人生的认识。

程：中国画里头有很多造型规律以外的东西。"造型"一词是西方二十世纪传过来的，"素描是一切造型艺术的基础"是对的，但中国艺术有造型规律以外的东西。龙先生说的人、人格、人生形态，笔墨里头都有，这是与造型规律不同的地方，甚至有时候打破了造型规律，意与造型规律就没什么关系了。更难的是心象，书法都有象，书法没有什么造型规律，但线条里有情感。书法是中国艺术，是比中国画还典型的中国艺术，它没有造型，但它是艺术。中国有一句话叫"书画同源"，这就表明了中国绘画的独特性。

龙：我们一些搞美术的同志，可能在一些概念的认识上缺乏一些学理上的思考，包括我们对西方的误读。比如说写实主义和现实主义差别很大，写实有精神上的写实，写实主义在西方是多层次的，写实有很多种，我关注的是一种很真实的写真精神，他们认为我们也是写实主义，中国这几年自己营造出似是而非的概念，最重要是脱离现实。艺术可以是记录现实的，也可以是脱离现实的。现代社会信息的传播手段也是日新月异，很快就会形成新的社会认识，这些东西延伸在我们的生活中，所谓新的审美潮流很快就形成了。这些东西要是谈到复兴的话，很多工作者的任务都是很艰巨的。我们在意识形态上该坚持就坚持，我们在建立自己的强国，我们没有把自己的民族文化作为强权文化建设，这是复兴中很重要的问题，中国文化的博大和包容会被外部世界认识的。中国人的创造性也必然会被外部世界逐渐认识。

程：中国人创造的毛笔很独特，它的柔韧、它的弹性、它行笔快慢留下的迹象，表现出所有的艺术辩证关系，体现着中国的哲学。毛笔的运用体现中国人的人生观和中国艺术家的审美追求。可是我们这一代人，很少有人深入地研究毛笔，甚至把毛笔当油画笔用，还要"革毛笔的命"，真是难以理解。今天我们已谈了不少观点。为什么用宣纸？为什么用毛笔？为什么古人对水这么讲究？为什么要磨墨？中国文化精致到如此程度，确实令人赞叹。我们进入西方造型规律的时候，万不可忽略了毛笔等工具的独特功用。

艺术形态是多方面的，新的东西打造出来也会根据新社会形态而变化。很多方面不是传承中国原有的而是外来的，外来的东西不是土生土长的，我们要把这些东西进行消化，否则就丧失了对民族自身的判断。

多元状态是当下的基本事实，体现着中国画的发展。但要研究问题，如何弘扬中国画的优秀传统，弘扬中华民族精神，实现中国画艺术的复兴，这是个巨大课题。你简单的把当下形态分成"继承型"和"开拓型"，不太科学。为什么？所有好的中国画作品都包括继承和开拓两个因素，我们从当代的绘画状态里头看到的一些异彩纷呈的形态，有人称之为多元。但是，真正属于中国画的这部分应该是有边界的。黄宾虹、齐白石，按中国画的自身规律去发展，形成了二十世纪的高峰这是值得我们深入研究的。二十世纪林风眠借鉴西洋画形式发展了中国画，创造了中国画的审美新样式，林风眠的成就体现着传统艺术的包容性。二十世纪一批优秀画家继承了中国画的精神，在中国画最本质内核的基础上加以创造，证明了中国画的生命力。今天我们讨论的话题是复兴中国画，应该下功夫研究中国画的本体精神，否则就不能说是继承，更不要说创造，谈何复兴呢。

龙：咱们从个人的思考角度来对中国画作评论，作为个人可以选择你喜欢的画。艺术形态非常复杂，但它也不是完全没有关联的，如果说把这个领域的看法移植到其它领域里，对社会形态、人文形态，我有自己的看法。有好多作者思考问题比较尖锐，对今后人能不能复兴这要有个基本的认识，我个人觉得路是曲折的，按目前的状态发展下去，要想说到复兴只是一个希望，但能不能实现？相对而言很难，有很长的路要走。现在外来的西方艺术形式确实被我们艺术家所认可，可能外来的东西会很时尚，追求时尚是必然的，还有种种原因吧。中国经济不断发展，艺术市场不断扩大，北京市场上的拍卖行加起来可以突破一百个亿了，外国人看的也是市场，他既要渗透他的价值观也要占领这个市场，这也是一个很严峻的问题。我们不能完全走他们的路子，去搞现代艺术，因为从艺术价值来说，你没有生活环境，你可以去模仿样式，但你模仿不到这个精神，中国画的发展是中国原生态基础上的推进。宽容的形态与包容的形态允许存在，这是社会文化的现象，我们弘扬的不是后者而是前者。作为从业人员也好，作为艺术家也好，这两点很明确，作为艺术观点提出来能够有更多的人参与思考或者认同这个课题。这需要得到国家方方面面或者是从业的专家学者的认同，不能光是停留在口号上，我们谈到继承就要谈到借鉴。中国画的复兴是一个大工程，我们要有主动意识，要把它作为一种架构，把它作为完成一种东西来做。中国画是中国文化中比较大的门类，绘画历史更悠久，遗承更丰富，沿革更清晰，创作的理念、创作的方法及创作品评、鉴赏等等是一个完整的创作体系。这里蕴藏着中国人的审美精神。除了中国诗，就在绘画中体现得更丰厚。我们为什么要复兴？就是把里面有用的这些审美精神和审美意识都拿出来，对我们今后中国人建构新时期大的审美情趣上要起点作用。如果我们审美上没有建树，民族文化便会动摇，没有一个文化作底蕴，创新有什么意义呢。

程：二十世纪的美术教育家吕凤子曾强调："中国画一定要以渗透作者情意的力为基质。作者情感一直和笔力融合在一起活动着。线是点的延长，块是点的扩大，点是力之积，积力成线有'生死刚正'之感——'生死刚正谓之骨'。"这种对用笔的体认对于矫正当代中国画风极为重要。笔墨的本质是从这里出发的。中国画的复兴应建立在笔墨回归的基础之上，强调书写意味和书画同源，这才是中国画的本体意义。

诗作选辑十一首

故乡行二首

辛卯中秋返故里彭城,有感于生态环境的变化,作此七律二首以抒怀。

其一

云龙湖畔岁华春,汉韵新风两绝伦。
泗水亭边古曲逸,黄茅岗外捷书频。
泉声树影成诗境,水色山光似酒醇。
今日雕龙谁手笔,匠心独运有斯人。

其二

蓝图展卷振霓旌,一派霞辉晓此城。
筹划每惊大手笔,升沉不计小浮名。
荒山绿满千秋利,湖水清萦万户情。
但有口碑自百姓,未妨淡泊换心平。

画室闲吟二首

余有印"每晚戌时之后",意忙完冗务,宾客退后方事丹青,留此七绝写照。

其一

灯火三更未有闲,挥毫任意写真诠。
征蓬始得寻幽趣,方证禅心寄老泉。

其二

前贤笔下取微毫,师心须记扎根牢。
世事沉浮随烂柯,尘嚣过后见高标。

写生旧稿五首

其一

黄山狮子林写生遇雨
畅写东君生墨雨,漫洇绝壁浸云襟。
此情已伴渐翁去,独立苍茫师我心(注)。

(注:余斋号为师心居)

其二

平凉崆峒山即景
极天风景无人画,黄土旷塬缀瑶珠。
仙道遗踪归浩渺,名山写下献瑞图。

其三

过秦岭太白山

群岭风云常异势,浮萍际遇任逍遥。
我来山顶独无语,且听天风与海涛。

其四

巴中光雾山抒怀

绝尘烟雾属春风,路入云山一望中。
我对青峰生愧意,心师造化与书通。

其五

丁巳率学生赴太行
铁壁铜墙几千秋,笔墨写处乾坤休。
不与五岳争高下,大壑无言亦风流。

乙酉读乐泉兄诗作有感
畅写墨荷怀旧雨,金陵酒茶化春云。
此情可作千江水,独立苍茫师我心。

己丑入紫庐新居
故都千载色复空,虚窗留月四时同。
卅载师心南又北,门前听得隔江钟(注)。

(注:乐泉先生贺我新居题赠"坐听隔江钟"句)

赠学长二首

学长晓堂从高位退休返故里苏州定居,以此二首赠别

其一

出征当年风华时,归返两鬓霜成丝。
一生磊落风兼雨,虽云同窗友胜师。

其二

宦海半生逝旧波,志士依然忧患多。
每怜苍生成心癖,总将祈愿付山河。

求示段編輯作例甚德尊手
俊排是人恐多疏漏（脱）大雅有以
教正近期可至左右來敬當取
再謝費神
專覆　此頌
著安
程大利
壬辰閏四月十三
榮寶齋

漢耀先生文鑒：

先生望重卓識，大刻鈞佩，並且感謝，所不逮，拙著等當盡力必，又批彩陳年舊事業，取大雅云，言業誠不愧然，謹另之上求敎

士稿付燁平
　　　　　　　　敬書者
　　　　　　　　　週再